Doris Lerche | Verführe mich!

»Lerche skizziert reizende Kurzgeschichten und frag-
mentarische Grotesken, deren frivol-freche, treff-
sichere Ironie und komische Tragik erst auf den zweiten Blick erkennbar wird.« *Frankfurter Rundschau*

Blendend aussehende Menschen strahlen uns Tag für
Tag an: aus Magazinen, von Plakatwänden, vom
Fernsehbildschirm. Doch wer von uns ist schon so
schön? Wer von uns so glücklich?
Doris Lerches Frauen und Männer sind keine rasan-
ten Lover, keine perfekten Geliebten – es sind Ver-
schämte, Bedürftige, Enttäuschte, die sich als
bindungsängstliche Singles oder gelangweilte Ehe-
partner durch ihr bescheidenes Liebesleben hangeln.
Mal anrührend, mal sarkastisch schildert Lerche, wie
ihre Figuren mit Bravour verhindern, was sie sich am
sehnlichsten wünschen, oder wie sie von plötzlicher
Leidenschaft überrascht werden, wo sie es am
wenigsten erwarten. – Geschichten über die Angst
vor Nähe und die rastlose Suche nach dem Glück.

Doris Lerche machte sich als Cartoonistin einen
Namen, bevor sie Buchautorin wurde. Sie veröffent-
lichte zahlreiche Cartoonbücher, Kinderbücher, Er-
zählungen und Romane, die hohe Auflagen erreichten. Bei Reclam Leipzig sind zwei Erzählungsbände
erschienen: *21 Gründe, warum eine Frau mit einem
Mann schläft* (RBL 20027) und *19 Gründe, warum
ein Mann mit einer Frau schläft* (RBL 1724).

Doris Lerche

Verführe mich!

Erotische Grotesken

RECLAM
LEIPZIG

Die Autorin nimmt sich die Freiheit, nicht immer den grammatikalischen und stilistischen Richtlinien des Dudens zu folgen.

Besuchen Sie uns im Internet:
www.reclam.de

© Reclam Verlag Leipzig, 2003
Reclam Bibliothek Leipzig, Band 20059
1. Auflage, 2003
Reihengestaltung: Gabriele Burde | Kurt Blank-Markard
Umschlaggestaltung: Simin Bazargani unter Verwendung einer
Fotografie von © ZEFA
Autorenfoto: © Gabriele Dietrich
Gesetzt aus ITC Slimbach
Satz: Reclam Verlag Leipzig
Druck und Bindung: Reclam, Ditzingen
Printed in Germany
ISBN 3-379-20059-x

Inhalt

Carolina pflanzt Palmen

Carolina hat den einsamen Abend zu Hause nicht ausgehalten und ist in einer Bar gelandet. Sie hat mehrere Biere getrunken und gedankenlos die Blicke eines melancholisch lächelnden älteren Herrn erwidert, der glatzköpfig und untersetzt in warmer Strickweste am Tresen steht und dort genauso wenig hinzugehören scheint wie sie selbst.

Er prostet ihr einige Mal zu, rückt näher und breitet in gebrochenem Deutsch die Geschichte seiner zwei gescheiterten Ehen vor ihr aus. Nun sei er auf der Suche nach einer Frau, die zu ihm passe, sagt er wehmütig. Er heiße übrigens Dario.

Carolina, die eine überraschende Seelen-Verwandtschaft zu ihm verspürt, schildert ihm nun ihrerseits die traurigen Trennungen der letzten Jahre, bis hin zu Axels Auszug am vergangenen Wochenende.

Sie sei keine von denen, erklärt sie, die sich blindlings von irgendwelchen dubiosen Verliebtheits-Gefühlen leiten lassen. Die Auswahl eines Lebenspartners erfordere mehr als ein spontanes Hingezogensein. Der Mann ihrer Sehnsucht sollte ein wirklicher Gefährte sein, verlässlich, fürsorglich, freundschaftlich.

Sie spürt, dass ihre Rede Dario gefällt. Sie spürt, dass auch ihr Anblick Dario gefällt.

Man muss dazu sagen, dass sie eine ansehnliche Erscheinung ist. Zwar nicht mehr taufrisch, es geht rasant auf die Vierzig zu, aber hübsch weiblich gerundet mit ebenmäßigen Zügen und sanft gewelltem Haar.

Ein paar Diätwochen sollte er einlegen, denkt sie, und die Strickweste durch ein Jackett ersetzen, das würde ihn enorm verjüngen. So wie er jetzt aussieht, müsste man sich ja schämen an seiner Seite.

Ihr Geständnis nimmt Dario zum Anlass, dichter an sie heranzutreten. Sie rückt ein wenig ab, denn obwohl er eine angenehm väterliche Ausstrahlung hat, will sie nicht gleich Haut an Haut mit ihm stehen.

Zu ihrer Erleichterung respektiert er den Abstand und fährt fort, sich über seine beiden Ehefrauen zu beschweren. Sie nutzt die Gelegenheit, sich ihrerseits über Axel und seine Vorgänger zu beklagen.

Wie angenehm, sich mal bei einem Mann aussprechen zu können! Wie erfreulich, dass er so gentlemanlike ist, ihr ein neues Bier zu bestellen, als sie ihr Glas leer getrunken hat.

Gleichwohl setzt sich in ihr das unangenehme Gefühl fest, sie müsse mit ihm schlafen, weil er so nett zu ihr ist.

Dario zieht seine Brieftasche hervor und zeigt ihr sein italienisches Ferienhaus.

Es steht bescheiden auf kahlem Grund, inmitten einer Neubausiedlung. Aber ein bescheidenes Ferienhaus ist besser als gar kein Ferienhaus, denkt Carolina. Man sollte den Garten bepflanzen. Als Sichtschutz gegen die Nachbarn müsste man eine Zypressenhecke hochziehen. Er legt ihr Fotos von der Inneneinrichtung vor. Er hat keinen Geschmack, wie alle Männer, denkt Carolina nachsichtig. Wie karg die Wohnung möbliert ist! Ihr behäbiger Lesesessel würde das Wohnzimmer gleich gemütlicher aussehen lassen. Außerdem könnte sie endlich das von der Tante geerbte Büfett aus dem Keller holen. An der Stirnwand des Esszimmers würde es sich hervorragend machen.

»Ich liebe Italien«, sagt sie inbrünstig. »Diese altehrwürdige Kultur! Dieses vielfältige Essen! Diese melodische Sprache!«

Er suche eine Frau, mit der er verschmelzen könne, seufzt Dario. Seine Frauen hätten ihn immer betrogen. So etwas wolle er nicht mehr.

Wie gut Carolina ihn versteht. Sie sieht sich mit ihm in einem schmiedeeisernen Doppelbett liegen, auf weißen Kopfkissen mit Lochstickerei, die italienische Morgensonne schimmert durch die gerüschten Bogengardinen, und sie nimmt einen frisch gepressten Orangensaft zu sich, bevor sie im Morgenmantel auf die Terrasse tritt, umgeben von noch zu pflanzenden Palmen und Bougainvilleen. Abends trinken sie Rotwein aus geschliffenen Kristallkelchen mit Goldrand, im Antiquitätenladen in der Innenstadt hat sie welche gesehen, die würde sie kaufen, obwohl sie nicht billig sind, aber für eine passende italienische Terrasse lohnt sich diese Ausgabe.

»Die Basis der Liebe ist Vertrauen«, sagt Dario.

Endlich einmal ein Mann, denkt Carolina, der offen und beziehungswillig ist und keine Angst hat, zu seiner Bedürftigkeit zu stehen.

Er begleicht selbstverständlich die Rechnung. Dann gehen sie. Draußen nieselt es fein. Dario breitet seinen Regenschirm über sie beide aus, nimmt selbstverständlich ihren Arm, und sie empfindet ein angenehmes Zugehörigkeitsgefühl. Wenn nur nicht der Druck, aus Dankbarkeit mit ihm schlafen zu müssen, so lästig geworden wäre.

»Soll ich Sie nach Hause fahren?«, fragt er.

Sie schüttelt den Kopf. »Ich würde lieber zu Fuß gehen.«

»Ich begleite Sie.«

Einerseits ist das sehr praktisch, denn sie hat keinen Regenschirm dabei. Andererseits festigt sich das unangenehme Gefühl, sie müsse ihn anschließend mit zu sich in ihre kleine Wohnung nehmen, die seit Axels Auszug verlottert. Überall liegt ihre Wäsche herum. Dann müsste sie ihn in ihrem Bett schlafen lassen, das nicht frisch bezogen ist und das noch immer nach Axel riecht. Ist das nicht pietätlos?

Dario wird seine Strickweste über ihre Stuhllehne hängen, seine Bügelfaltenhose auf die Sitzfläche legen, ebenso sein Unterhemd, seine Unterhose – beides wahrscheinlich weiß gerippt. Er wird seine grau geringelten Socken ausziehen, vermutlich hat er zu lange Fußnägel – Männer vergessen immer die Fußnägel zu schneiden –, und Schweißfüße hat er sicher auch. Ob sie ihn vorher ins Bad schicken soll? Oder wäre das unhöflich.

Soll man ein Kondom nehmen oder nicht? Bis wann sind

Männer fruchtbar? Sicher ist sicher, denkt sie, obwohl sie ihm Aids nicht recht zutraut. Vielleicht will sie auch einfach Abstand halten. Eine Kondomhaut zwischen ihr und ihm gibt ihr ein entspanntes Gefühl von Distanz, so wie sie fremde Männer lieber siezt statt duzt, auch wenn sie die gleichen Sätze spricht.

Er presst ihren angewinkelten Arm gegen seine Rippen, als wollte er ihn nie wieder loslassen. Ihr ist, als habe er so viel warmes Blut, dass es durch seine und ihre Haut in ihren kühlen Körper strömt, der sich gegen diese Wärme sträubt, der sich nicht mit seinem Körper mischen möchte. Am liebsten würde sie fortflüchten, hinaus in den Regen, der gleichmütig zur Erde rinnt. Am liebsten würde sie ihn allein lassen unter seinem Schirmdach. Aber natürlich flüchtet sie nicht.

Erst als sie ihre Haustür erreichen, als er den Schirm zusammenklappt, als er ihre zum Abschied hingereckte Hand ignoriert, als er ihren Körper unvermittelt heftig an sich zieht und sie seinen persönlichen Atem riecht, da sagt sie: »Nein.« Er versteht nicht. Sie habe ihn doch mitgenommen. »Nein«, sagt sie, »nein.« Sie rangeln. Er hält mit einer Hand den Schirm, mit der anderen ihre Taille. Es graust sie plötzlich. Sie ist jünger und stärker, er hat keine Chance. Sie sagt: »Vielen Dank für Ihre Begleitung«, schiebt ihn zurück in den Regen, schließt die Tür auf, und schaut sich, während sie den Flur betritt, noch einmal um nach ihm.

Da steht er traurig verlassen, in der Hand den zusammengeklappten Schirm, und das Wasser rinnt ihm über das Gesicht.

Sechs Richtige

Er habe am Samstag, sagt Carl, sechs Frauen getroffen, eine nach der anderen im Zweistundentakt, sympathische Frauen, die er durchs Chatten kennen gelernt habe.

Aber in der Nacht habe er einen Asthmaanfall bekommen, so schlimm wie noch nie. Er habe geglaubt, sterben zu müssen.

»Und?«, fragt Lea, »magst du mich dann heute sehen?«

»Mit dir ist das was anderes«, sagt er.

Und so kommt sie am Abend bei ihm vorbei.

Wie immer begrüßt er sie mit seiner sanften Stimme, mit einem Hauch von Kuss auf die Wangen. Wie immer zieht sie die Schuhe aus, um seinen silberfarbenen Teppichboden vor Straßenschmutz zu bewahren. Wie immer sitzen sie zunächst ein wenig steif an der Küchenbalustrade auf hohen Barhockern und trinken Kräutertee. Wie immer tauschen sie sich aus, über die Arbeit und die alltäglichen Niederlagen, um schließlich bei ihrem Lieblingsthema zu landen: der Liebe.

Schon fläzt sie sich gemütlich in seinen weichen Lesesessel, schon ist er aus seinen Hauslatschen geschlüpft und hat die Füße auf die Glasplatte seines Couchtisches gelegt, schon beginnt er zu berichten.

Er schwimme, sagt er, seit Jahrzehnten ratlos durchs Leben, verbinde sich mal mit dieser, mal mit jener Frau, immer wieder überrascht, warum die Dinge, die so freudig begonnen haben, jedes Mal ein abruptes Ende finden. Andere Menschen hätten haltbare Beziehungen, warum nicht er. Gehe er immer an der Richtigen vorbei? Übersehe er sie konsequent? Oder finde er die Richtige und verliere sie wieder? Gibt es viele Richtige, oder nur eine einzige? Was mache er falsch, wenn die rasantesten Anfänge kläglich versanden?

Jetzt sei er an dem Punkt, sagt er, sich selbst auf die Spur kommen zu wollen.

Er mache sozusagen Experimente mit der Liebe. Bei jedem Date prüfe er sich und seine Empfindungen ganz genau. So habe er am Samstag eine Frau nach der anderen abgehakt.

»War die Richtige nicht dabei?«, fragt Lea mit leisem Spott.

Alle sechs Frauen hätten ihm gefallen, sagt er, aber am meisten die Siebente, die er nicht traf. Sie stimmte in allem mit ihm überein, der Gleichklang sei atemberaubend gewesen, der Kunst- und Musikgeschmack, die Haltung gegenüber der Welt, alles sei genauso gewesen wie bei ihm. Man wollte sich unbedingt treffen. Doch unvermittelt brach der Kontakt ab, und er hörte nichts mehr von ihr.

»Wenn sie dir so ähnlich war«, lächelt Lea, »hat sie natürlich dieselben Bindungsängste wie du.«

Er nickt überrascht. Dann fährt er fort. Eine achte Frau habe ihn vor zwei Wochen beim Chatten sexuell herausgefordert. Sie entwickelten beide eine unbändige Lust aufeinander, verabredeten sich schließlich und verbrachten die Nacht bei ihm. Doch ja, es habe ihm gefallen, wie sie so ranging. Aber dann rief sie jeden Tag an. Da habe er die Sache beendet.

»Und die sechs Frauen vom Wochenende?«

»Die eine geht wandern. Die andere ins Fitnessstudio. Die Dritte singt im Chor. Was man so macht. Keine Leidenschaft für irgendetwas. Natürlich kann auch Singen oder Wandern mit Leidenschaft betrieben werden. Aber ich habe bei keiner der sechs Frauen eine wirkliche Intensität gespürt, falls du verstehst, was ich meine.«

»Und die Frau, mit der du im Bett warst?«

»Übers Bett hinaus hat uns nichts verbunden.«

»Manchmal braucht man Zeit, um herauszufinden, ob es passt.«

»Mit der Chorsängerin war ich im Kino. Danach habe ich sie gefragt, wie sie sich mit mir fühlt, und sie hat erzählt, wie sie den Film fand. Da war die Sache für mich erledigt. Ich kann mit einer Frau nichts anfangen, die ihre Gefühle nicht zeigt.«

»Ach, ich dachte, Frauen zeigen ihre Gefühle?«

»Ganz im Gegenteil. Denen muss man alles aus der Nase ziehen. Von selbst kommt da nichts. Nur eine der Frauen, eine liebe, nette, versuchte auf all meine persönlichen Fragen einzugehen. Sie war wirklich guten Willens. Aber viel zu zäh. Ich will doch keine Entwicklungshilfe leisten.«

»Welche der Frauen möchtest du weiter treffen?«

»Keine. Das war mir alles zu viel. Und gleichzeitig zu wenig.«

»Und in der Nacht hast du dann diesen Asthmaanfall gekriegt?«

»Ja, es war grässlich. Ich musste den Notarzt rufen. Gut dass du mich erinnerst.«

Er steht auf, tritt ans Küchenregal, nimmt eine Spraydose herunter, legt den Kopf nach hinten, sperrt den Mund auf und gibt sich zwei Sprühstöße in den Rachen.

»Werde ich dir jetzt auch zu viel?«, fragt sie.

»Nein«, sagt er, »Ich muss das Zeug regelmäßig nehmen. Es hat nichts mit dir zu tun.« Er verstaut die Dose wieder auf dem Regal und lässt sich zurück in den Sessel fallen. »Bei dir ist das anders. Mit dir rede ich gern. Du bist offen und direkt und beengst mich nicht mit Ansprüchen und Erwartungen.«

»Weil wir nichts miteinander haben«, sagt sie, »darum ist alles locker und entspannt. Wenn wir was miteinander hätten, würden alle meine Wünsche und Ängste durchbrechen und du würdest panisch davonrennen.«

»Mit dir eine Beziehung haben«, sagt er, »wäre ein Abenteuer.«

»Du kennst ja mein Abenteuer mit Julian. Wahrscheinlich wäre das ähnlich.«

»Julian ist das Stichwort«, sagt er und lehnt sich bequem zurück, »jetzt bist du dran. Jetzt erzählst du mir von deinen Männergeschichten.«

»Mit Julian«, sagt sie, »schleppt es sich hin. Er will mich nicht wirklich, aber ich komme auch nicht weg von ihm.«

»Er wohl auch nicht von dir.«

»Er hat noch andere Frauen, das weißt du ja. Ich frage ihn nie, wie's mit denen läuft. Er soll mir nur sagen, wenn er sich ernsthaft verliebt.«

»Und du? Hast du andere Männer?«

Sie wackelt übermütig mit den Füßen, die sie hoch über die Seitenlehne des Sessels gereckt hält.

»Ich bin monogam«, sie macht eine kleine Pause und fährt fort: »zumindest, solange ich ernsthaft verliebt bin.«

»Bist du noch ernsthaft verliebt?«

Sie wiegt den Kopf: »Es lässt nach.«

»Was heißt das konkret?«

Sie lacht. »Ich habe auf sechs Anzeigen im *Journal* geantwortet. Drei davon waren sympathische Sexangebote, und drei waren Beziehungswünsche.«

»Haben sich die Männer auf deine Briefe gemeldet?«

»Ja, alle. Aber es war nichts dabei. Den einen war ich nicht offen genug für eine Sexaffäre, und den anderen war ich nicht ausreichend beziehungswillig.«

»Setz doch selbst mal eine Anzeige ins *Journal*.«

Sie betrachtet ihre hochgereckten Füße in den grünen Söckchen.

»Ich glaube, das ist nichts für mich, mit diesen Anzeigen. Man muss immer sofort entscheiden. Ich bin nicht so schnell.«

»Wie wär's mit Chatten?«

»Das langweilt mich. Dieser schnelle intensive und zugleich völlig unverbindliche Kontakt gefällt mir nicht. Ich brauche was Reales, Handfestes, mit Namen, Adresse, Telefonnummer.«

»Das klingt aber gar nicht bindungsängstlich.«

»Für mich gibt es zwei Wege, wie ich mich austrickse. Der erste Weg: Ich verliebe mich spontan und der Mann auch – dann überspringe ich meine Angst. Und der zweite Weg: Ich bin mit jemandem befreundet und wir tun alles Mögliche miteinander und denken überhaupt an keine Beziehung oder an Sex. Und plötzlich knallt's. So wie mit Julian.«

»Leider hat's nur bei dir geknallt.«

14

»Er hat mich verführt«, sagt sie, »und dann stehen gelassen. Das ist natürlich das Blödsinnigste, was einem passieren kann. Ich habe ihm das nie zugetraut. Wir waren doch Freunde, verstehst du?«

»Und jetzt?«

»Jetzt bin ich hilflos. Einmal will ich unsere Freundschaft retten, dann eine einfache Sexaffäre mit ihm, dann – aber das sage ich ihm natürlich nicht – würde ich ihn am liebsten vor den Traualtar schleppen – und fünf Minuten später will ich mich für immer trennen.«

»Ziemliches Durcheinander.«

»Aber nur, weil ich mich in ihn verliebt habe, und er sich nicht in mich. Dann brechen alle meine Neurosen auf. Leider. Wenn er sich auch in mich verliebt hätte, wären wir jetzt ein Paar, und ich wäre ganz friedlich.«

»Bist du sicher?«

»Wieso?«

Er kreuzt seine Füße auf dem Glastisch. »Ich habe mich mal ein Jahr lang um eine Frau bemüht, die keine Beziehung mit mir wollte. Ich war fest davon überzeugt, sie sei die Richtige. Ich habe alles in die Wege geleitet, um sie zu gewinnen. Endlich hatte ich sie so weit. Sie glaubte, ich will sie wirklich. Ein Mann, der sich so ins Zeug legt, der ist tatsächlich an ihrer Person interessiert, dachte sie.«

»Sie hat sich geirrt?«

Er lacht böse: »In dem Moment, als sie einen Schritt auf mich zu gemacht hat, war es für mich vorbei.«

»Das ist hart.«

»Und du?«, fragt er, »wie ist das bei dir?«

»Anders«, sagt sie. »Ja, ich habe Angst. Aber ich lasse mich trotzdem ein. Ich hatte immer lange Beziehungen.«

»Man kann auch mit jemandem ein Leben verbringen, ohne sich wirklich einzulassen«, sagt Carl. »Meistens hält sich einer von beiden raus oder beide. Das Ergebnis ist dasselbe.«

»Ich war verheiratet«, sagt sie, »zweimal sogar.«

»Du siehst, selbst die Ehe bindet nicht wirklich. Schau dir all

15

die Fremdgeher und Fremdgeherinnen an. Lauter von der Ehe Enttäuschte.«

»Man ist zusammen, man kennt sich mit allen Vorlieben und Abneigungen und Gewohnheiten«, sagt sie, »und in Wahrheit kennt man sich überhaupt nicht. Dann, nach zwei, nach sechs, nach fünfundzwanzig Jahren bricht plötzlich alles auseinander.«

»Und zurück bleibt Hass«, sagt er.

»Und Sehnsucht«, ergänzt sie.

»Ja«, sagt er, »wir probieren es so und so, immer und immer wieder.«

»Und vermeiden es, wo wir die Chance hätten«, sagt sie.

»Die es nicht vermeiden, gehen dran kaputt«, sagt er.

»Das ist die Frage«, sagt sie.

»Erstaunlich«, sagt er, »dass wir so offen miteinander sprechen können. Das habe ich noch nie mit einer Frau erlebt.«

»Ich noch nie mit einem Mann«, sagt sie.

»Das geht nur, weil wir keine Beziehung haben«, sagt er.

Sie lagern in ihren Sesseln, im rechten Winkel zueinander, sodass ihre Blicke sich nicht treffen, aber zwischen ihnen breitet sich eine zarte Stille aus, die immer dichter wird und immer süßer, und die ganz allmählich beginnt, ihnen den Atem zu nehmen.

Ein Haus im Süden

Dagmar hatte sich auf den gemeinsamen Weihnachtsurlaub mit Gerhard gefreut. Auf das Terrassenfrühstück in der milden Wintersonne. Auf die Abende am knisternden Kamin, wenn der Sturm ums Haus tobt und der Regen gegen die Fenster schlägt.

Aber dann landete Gerhards Vorgesetzter mit einem Herzinfarkt im Krankenhaus, und Gerhard musste für ihn einspringen. »Bitte, Schatz, fahre ohne mich los«, bat er, »ich komme so schnell wie möglich nach. Spätestens am zweiten Weihnachtstag bin ich bei dir. Dann haben wir noch ganze zehn Tage miteinander.«

So befand sich Dagmar zum ersten Mal völlig allein in ihrem Ferienhaus. Es stand abseits des Touristentrubels auf einer Anhöhe, mit weitem Blick über die gebirgige Landschaft, bis hin zum weiß getünchten Städtchen.

Das Haus kam ihr weiträumiger vor als sonst, wenn die Kinder mit ihren Freunden herumwimmelten. Aber die zwei waren nun flügge und hatten ihre eigenen Reiseziele.

Ein wenig verloren irrte sie durch die Stockwerke, unschlüssig, wo sie sich niederlassen sollte.

Das Eheschlafzimmer im Parterre war von der Außenwelt nur durch Glas und Gitter getrennt. Wenn sie, wie es ihre Gewohnheit war, das Fenster offen ließ, könnte jeder nächtliche Streuner seinen Arm bis zu ihrem Bett hinrecken.

So etwas hatte sie noch nie gedacht.

Die erste Etage, die für Besucher vorgesehen war, schien ihr geborgener. Kurz entschlossen schleppte sie ihre Koffer hinauf ins Gästeschlafzimmer.

Dann ging sie hinunter, um Gerhard anzurufen. Die Leitung rauschte. Die übliche Störung, wenn das Haus für längere Zeit nicht bewohnt war. Sie überlegte, ob sie noch schnell in den Ort fahren sollte, um Gerhard von dort aus anzurufen. Aber sie fühlte sich seltsam erschöpft und verschob den Anruf auf den nächsten Morgen.

Ein wenig melancholisch erinnerte sie sich, wie begeistert Gerhard damals, als die Kinder noch nicht geboren waren, alle seine Urlaube mit ihr im Haus verbrachte. Mit welchem Eifer sie gemeinsam Dinge aus Deutschland herbeischleppten, die es in dieser, wie im Mittelalter stehen gebliebenen Gegend nicht zu kaufen gab: rostfreies Werkzeug, Moskitonetze, Teelichter samt Tee und Stövchen sowie Matratzen, lang genug für Gerhards Beine. Und wie sie gemeinsam, ohne fremde Hilfe, nur nach Anleitungen aus Büchern, das undichte Dach reparierten, eine Dusche einbauten und die Wände kachelten.
So wuchs ihr das Haus ans Herz.

Schon bald hatten sie geplant, nach Gerhards Pensionierung ganz in den Süden zu ziehen. Sie statteten, als Gerhard begann gut zu verdienen, das Haus mit mehr Komfort aus. Sie stockten auf, bauten an, umgaben die untere Etage mit einem Bogengang, ließen eine zentrale Ölheizung installieren und beschäftigten einen Gärtner.
Aber nun, da Dagmar zum ersten Mal allein in ihrem Haus, nein, in ihrem Anwesen wohnte, fühlte sie sich plötzlich wie in einem teuren Kleid, das sie zwei Nummern zu groß gekauft hatte, und das jetzt um ihren Körper schlotterte.
Sie öffnete die Hintertür und trat in den gepflegten Garten hinaus. Die roten Blütendolden der Aloe-Pflanzen leuchteten ihr entgegen. Sie lief über den gewundenen Plattenweg, vorbei an Pinien und Palmen. Die Fläche von sechstausend Quadratmetern erschien ihr plötzlich riesig.
Wenn doch Gerhard bald käme, dachte sie. Wenn wir zu zweit

hier sind, beginnt dieser Palast, beginnt dieser Park zu leben. Wie gut ging es uns damals, als wir noch studierten und uns freudig unsere gemeinsame Zukunft ausmalten.

Gerhards beruflicher Ehrgeiz hatte Dagmar nur ganz zu Anfang imponiert. Sehr bald war sie seiner Arbeitswut entsetzlich überdrüssig geworden. Um nicht ständig mit ihm zu hadern, hatte sie sich ganz auf Küche und Kinder konzentriert.

Doch nun, da die zwei aus dem Haus waren, meldete sich der heftige, lang verdrängte Wunsch, etwas von der unbeschwerten Anfangszeit wieder zu beleben. Ich war zu nachsichtig gewesen, dachte Dagmar. Jetzt kostet es natürlich Mühe, eingefahrene Gewohnheiten zu ändern.

Das Haus war durchkühlt, wenn auch nicht feucht, wie früher, als sie die Wände noch nicht isoliert hatten. Sie drehte die Heizkörper auf. Obwohl genug Öl im Tank war, wurden sie nicht warm.

Sie holte Holz von draußen und kauerte sich fröstelnd vor den schwelenden Kamin, die Weite des Salons im Rücken. Der Qualm biss in den Augen. So hat das keinen Sinn, dachte sie, das Holz muss erst trocknen.

Sie entschloss sich, bis Gerhard kam, ganz hinauf in den kleinen Gästetrakt zu ziehen, der sich schneller heizen ließ. Wie in alten Zeiten schaltete sie das Elektroöfchen ein, das Gerhard schon hatte wegwerfen wollen, und ließ es Tag und Nacht laufen. Gerhard würde toben, wenn er die Stromrechnung sah.

Als die Dunkelheit über das Haus fiel wie ein schwarzer Schleier, zog sich ihr Herz zusammen. Lange lag sie wach in diesem fremden Bett, lauschte auf das ferne Kläffen der Hunde. Ein Käuzchen rief, einsam und klagend.

Endlich schlief sie bleiern ein, schrak aber schon nach kurzer Zeit hoch, weil der Wind einen unbefestigten Fensterladen gegen die Hauswand schlug.

Am frühen Morgen, mit dem ersten Hahnenschrei, öffnete sie

die Vorhänge und wartete, dass sich hinter der schwarzen Masse der Pinien die rote Sonne erhob.

Hoffentlich funktioniert wenigstens das Auto, dachte sie, als sie die Garagentür öffnete. Da stand es, noch vom letzten Urlaub verstaubt, dieses Untier von Geländewagen, in dem eine ganze Familie Platz hatte. Was soll ich hier allein mit einem solchen Auto. Lange Zeit waren sie einen gebrauchten Renault gefahren, der unverwüstlich schien. Er hätte sicher noch weitere Jahre durchgestanden, aber mit zunehmendem beruflichem Erfolg begann Gerhard das rostige Auto peinlich zu werden, und er bestand darauf, ein neues zu kaufen, obwohl ihn hier niemand von seinen Arbeitskollegen sah.

Wenn Gerhard sich wenigstens für ein robustes Modell entschieden hätte, dachte sie, statt für diesen Nobel-Jeep mit seinen elektronischen Spielereien, die einem nur Umstände machen. Sie hasste es, ständig in der Gebrauchsanleitung nachblättern zu müssen, wo sich die Scheibenwischanlage befand, die Automatik zum Öffnen der Fenster, zum Verstellen der Spiegel. Während sie die geschlängelte Straße in den Ort hinunterfuhr, tastete sie nach den Knöpfen. Statt des Fahrerfensters senkte sich das Beifahrerfenster, und sie musste einen schnellen Blick in die Innentür werfen, um den richtigen Knopf zu finden. Das ist lebensgefährlich, dachte sie. Kurbeln kann ich blind, ohne den Blick von der Straße zu lassen.

Sie parkte vor der *Bar Paco*, ihrer Stammkneipe.

»Wo ist Gerhard?«, fragte Paco.

»Er kommt später.«

Sie sprach Gerhard auf sein Handy, sie sei gut angekommen, das Telefon funktioniere nicht, wie üblich, er möge sie bitte am kommenden Mittag, gegen zwölf Uhr unter folgender Nummer anrufen, und sie gab ihm Pacos Nummer.

Nachdem sie die Telefonzentrale sowie den Heizungsmonteur angerufen hatte, erledigte sie routiniert ihre Einkäufe, schleppte die Tüten ins Auto und ging hinunter ans Meer, das sich in riesigen schwarzen Wellen vor ihr auftürmte, die weiß schäumend zusammenbrachen.

Der Wind riss ihr die Schirmmütze vom Kopf.

Sie beschloss, rasch bei Stefanie und Werner vorbeizuschauen, obwohl die sicherlich mitten in den Weihnachtsvorbereitungen steckten.

Stefanie umarmte sie überschwänglich. »Wo ist Gerhard?«
»Er kommt später. Er muss noch arbeiten.«

Dagmar sah eine Weile zu, wie Stefanie zusammen mit ihrer jüngsten Tochter Sterne aus Gold- und Silberfolie ausschnitt. Dann machte sie sich auf den Rückweg. Als sie in die Einfahrt zu ihrem Grundstück einbiegen wollte, etwas, das sie tausendmal getan hatte, dachte sie kurz: Ich bin ein Stück zu weit vorgefahren, aber vielleicht schaffe ich es gerade. Zugleich wusste sie, sie würde es nicht schaffen.

In den sechsundzwanzig Jahren, die sie ihren Führerschein besaß, hatte sie noch nie einen Autounfall gehabt. Nicht einmal einen kleinen Blechschaden.

Wie sie intuitiv bereits gefühlt hatte, gelang es ihr nicht, ohne Schramme um den Torpfosten herumzukommen. Was für eine blöde Waghalsigkeit, dachte sie, stieg aus und begutachtete den Schaden. Der rechte Scheinwerfer war zersplittert. Nichts Gravierendes, aber lästig.

Ein böses Omen, dachte sie. So etwas hatte sie im Leben noch nie gedacht. Sie war eine realistische Person, ohne Neigung zu Aberglauben und Magie. Nicht wie ihre Tochter, die ewig diesen esoterischen Unsinn las und sich mit Edelsteintherapie und ähnlichem Quatsch befasste. Die Psychoanalyse mochte ja noch hingehen mit ihren Kindheitsdeutungen. Aber schon C. G. Jung war ihr zu mystisch. Dagmar hatte immer gewusst, was sie wollte, und ihr Leben sorgfältig vorausgeplant.

Nur ein einziges Mal war sie kopflos verliebt gewesen. Danach wusste sie: Das passiert mir nie wieder. Gerhard gefiel ihr. Doch bevor sie sich auf ihn einließ, schaltete sie ihren klaren Verstand ein, der ihr sagte: Er ist ein ehrgeiziger Jungakademiker, der eine Familie ernähren kann, verlässlich, treu, im guten Sinne konservativ.

In den Zeiten des studentischen Aufruhrs, der umgestürzten Werte, der labilen Ehen, der hohen Scheidungsraten, hielt sie an dem Einzigen fest, das ihr Halt gab: das Vorbild ihrer Eltern, die sicher keine aufregende Beziehung, aber eine absolut solide Partnerschaft lebten, die sie niemals infrage stellten.

Auch diese Nacht verbrachte sie unruhig, glaubte den schleifenden Schritt von Schuhen, dann das Klappen von Badelatschen zu hören.

Am nächsten Morgen in aller Frühe fuhr sie zu Miguel in seine Autowerkstatt und wartete im Auto, bis er endlich öffnete. Er versprach, den Schaden am Scheinwerfer so schnell wie möglich zu beheben. Mittags aß sie eine Kleinigkeit in Pacos Restaurant und wartete auf Gerhards Rückruf.

Es machte ihr Freude, mit Paco spanisch zu plaudern. Sie war sehr sprachbegabt. Damals, während ihres Studiums, hatte sie von einer Karriere als Dolmetscherin geträumt. Als sie früher als geplant schwanger wurde, geriet sie in eine erste kurze Lebenskrise. Ihr war klar, dass sich die Sorge um ein Kleinkind und ihr berufliches Engagement kaum miteinander verbinden ließen. Natürlich konnte sie von Gerhard nicht erwarten, dass er sein Studium für eine Rolle als Hausmann aufgab. Sie erwog ernsthaft eine Abtreibung. Aber da Gerhard so begeistert von der Aussicht war, Vater zu werden, und versprach, ihr im Haushalt, soweit es seine Arbeit erlaubte, unter die Arme zu greifen, entschied sie sich schließlich, das Kind zu bekommen. Sie heirateten, und bald folgte das zweite Kind.

Es wurde zwölf, und Gerhard rief nicht an. Sie ging an Pacos Telefon und wählte Gerhards Handy-Nummer. Wieder nur die Mailbox. Obwohl sie ihn zu Hause nicht vermutete, rief sie auch dort an und sprach ein paar Worte aufs Band. In der Firma mochte sie nicht anrufen. Sie wusste, wie man sich über die Ehemänner lustig machte, deren Frauen alle naselang wegen irgendeinem Firlefanz die Leitung blockierten. Gerhard hatte ihr übel genommen, dass sie so viel besser Spanisch sprach als er. Wenn man mit spanischen Freunden zusammen war, ließ er immer nur sie reden. Er schien sich zu schämen, neben ihrem brillanten Geplauder stümperhaft zu radebrechen. Nach jedem gelungenen Abend war er beleidigt. Vergeblich versuchte sie ihm klar zu machen, wie viel talentierter er in anderen Bereichen war. Im Gegensatz zu ihr, die ihre Schulzeit lustlos hinter sich gebracht hatte, besaß er eine ansehnliche Allgemeinbildung. Lästig waren nur seine endlosen Vorträge, mit denen er die deutschsprachigen Freunde langweilte. Wenn sie ihn vorsichtig bremste, brauste er gleich auf: sie sei ja nur neidisch, weil sie von all diesen Dingen keine Ahnung habe.

Ob ich mal bei seiner Schwester anrufe?

Besser nicht. Dann zerreißen sich alle wieder die Mäuler über mich.

Gerhards kleinbürgerliche Familie war von Anfang an gegen eine Verbindung mit Dagmar gewesen. Die junge Frau war ihnen wohl allzu selbstbewusst erschienen, so wie sie sich auf damenhafte Art zu präsentieren verstand.

Gut, dass die Reparatur des Autos preiswert war. Bei höheren Ausgaben pflegte Gerhard nachzufragen. Und dann hätte er wieder mal Grund gehabt, sie vorwurfsvoll darauf hinzuweisen, dass er das Geld verdiente, das sie zum Fenster hinauswarf. Er hat in letzter Zeit oft einen unangenehm gereizten Ton, dachte sie. Er arbeitet zu viel. Früher war er nachsichtiger. Aber wenn ich mich in unserem Bekanntenkreis umschaue und all die wackeligen Ehen betrachte: Sie nörgelt, er entzieht sich, sie geht fremd, er kontrolliert sie – dann kann ich mich eigentlich nicht beklagen.

Nur schade, dass die Erotik im Laufe der Jahre auf der Stecke blieb. Während ihrer zweiten Schwangerschaft hatte Dagmar überrascht das Glück der körperlichen Liebe entdeckt. Es schmerzte sie, als Gerhard sich immer mehr in den Beruf stürzte und für zärtliche Leidenschaft immer weniger Zeit war.

Es wurde halb eins, es wurde eins, und Gerhard rief nicht an. Vielleicht hat er den Abend bei seiner Schwester verbracht, dachte sie, und zu viel Wein getrunken. Vielleicht hat sie ihn überredet, bei ihr zu übernachten. Vielleicht ist er morgens direkt in die Firma gefahren.

Obwohl er wenig vertrug, neigte er dazu, auf Familienfesten Unmengen in sich hineinzuschütten. Mehr als einmal hatten sie Streit bekommen, weil er darauf bestand, sich betrunken ans Steuer zu setzen, und Dagmar ihn unerbittlich auf den Beifahrersitz verfrachtete. Hoffentlich ist nichts passiert, dachte sie. Hier kann mich im Moment ja niemand erreichen. Oder er ist bei Freunden aus dem Ruderclub.

Sie ließ sich über die Auskunft die Nummer geben, hatte aber plötzlich Hemmungen, anzurufen und nach ihrem Mann zu fragen. Eine Frau weiß doch, was ihr Mann treibt, dachte sie. Sie wartete bis zum späten Nachmittag, dann verließ sie Paco und schaute noch einmal bei Miguel vorbei, der hoch und heilig versprach, sich umgehend der Reparatur ihres Autos zu widmen. Sie beschloss, die Zeit zu nutzen, um frisches Brot einzukaufen. Beim Bäcker traf sie Stefanie.

»Ist Gerhard inzwischen gekommen?«, fragte Stefanie freundlich. Merkwürdig, dass ihr diese natürliche Frage immer unangenehmer wurde. Sie schüttelte den Kopf.

»Dann bist du Weihnachten eventuell allein?«

Es klang wie ein Makel.

»Wenn du möchtest, komm doch am zweiten Weihnachtstag zu uns.«

»Vielen Dank«, sagte Dagmar, »ich werd's mir überlegen.«

Auf dem Weg zum Auto musste sie quer durch den Ort. Jeder grüßte sie. Jeder fragte nach Gerhard. »Er muss leider arbeiten«, gab sie jedes Mal zur Antwort und spürte, wie absurd das klang. Sie sah all die Paare, die mit den Kindern gemeinsam Ferien machten. Sie sah all die Paare ohne Kinder. Wo sind die vielen Singles geblieben, von denen immer die Rede ist? Es gibt nur Paare. Ich bin die einzige Frau auf dieser Welt, die Weihnachten allein verbringen muss, dachte sie. So ein Unsinn.

Eine vernachlässigte Frau. Bin ich das? So hatte sie sich nie gefühlt, wenn sie ohne Gerhard, nur mit den Kindern Urlaub gemacht hatte. Sie musste sich sogar eingestehen, dass die Urlaube mit Gerhard immer anstrengender geworden waren. Er schulmeisterte herum und merkte nicht, dass die Kinder ihn nicht ernst nahmen. Hinzu kamen seine zickigen Sonderwünsche, die sich mit den Jahren immer mehr häuften. Hier schmeckte ihm das Essen nicht, dort war die Bedienung unfreundlich. Mal war ihm die Sonne zu heiß, mal der Wind zu kalt. Die Südländer fand er zu exaltiert, die Gegend zu ärmlich.

Früher hatten sie viel Freude miteinander gehabt. Hatten einander auf die Schönheiten der Landschaft und der Architektur aufmerksam gemacht. Hatten gemeinsam das Klima genossen mit seinen extremen Reizen.

Sie ging noch einmal zurück zu Paco. Nein, Gerhard hatte nicht angerufen. Immerhin war das Auto wieder in Ordnung. Sie fuhr zurück ins Haus.

Die Stille war unerträglich. Sie stieg die Treppe hinunter in den Salon, um ein wenig Musik zu hören. Ihren ausrangierten Plattenspieler hatten sie ins Ferienhaus geschafft, wie so viele Dinge, die überflüssig geworden waren. Allerdings hätte Gerhard am liebsten alles, das an die kargen Anfangszeiten erinnerte, weggeworfen. Um jedes alte Stück musste Dagmar kämpfen.

Sie ging die Plattenhüllen durch. Argentinischer Tango. Ein wenig ratlos betrachtete sie die Platte, an die sie sich nicht erinnern konnte. Vielleicht das Geschenk eines Kollegen, dachte sie, aber das wüsste ich doch.

Obwohl sie Heiligabend diesmal ohne ihre Familie verbrachte, begann sie das Haus feierlich zu schmücken. Sie steckte einen dicken Pinienast in einen sandgefüllten Tonkrug und dekorierte ihn mit einer elektrischen Lichterkette. Statt einen üppigen Truthahn wie sonst hatte sie ein Huhn vom Nachbarn gekauft, der es für sie schlachtete, rupfte und ausnahm. Aber als das knusprige Hühnchen auf dem Esstisch stand, zwischen Muscheln, hübschen Steinen und Geranienblüten, hatte sie plötzlich keinen Appetit mehr.

Zerstreut trat sie ans Telefon und hob den Hörer.

Die Stille betäubte ihr das Ohr.

Am ersten Weihnachtsabend fuhr sie hinunter in den Ort. Natürlich hatte alles geschlossen. Auch die Bar Paco.

Sie war immer eine optimistische, zupackende und fröhliche Natur gewesen. Nun war ihr seltsam düster zumute, als habe ihr jemand ein schwarzes Tuch über das Gemüt gelegt. Ich sollte nicht Auto fahren, dachte sie. So etwas hatte sie noch nie im Leben gedacht.

Am zweiten Feiertag hatte Paco geöffnet. »Nein«, sagte er bedauernd, »Gerhard hat nicht angerufen.«

Er muss meine Anrufe bekommen haben, dachte sie. Bei Verwandten oder Freunden ist er höchstens mal einen Abend. Mal einen Nachmittag. Mal eine Nacht. Dann zieht es ihn wieder nach Hause, wo seine Hemden gebügelt und gestapelt am richtigen Platz liegen. Er ist keiner von diesen hilflosen Ehemännern, die unfähig sind, ein Frühstücksei zu kochen und ein paar Tage allein zu überleben.

Hoffentlich ist ihm nichts zugestoßen.

Wen könnte ich sonst nach ihm fragen? Unsere Tochter ist Ski laufen. Unser Sohn wandert mit seiner Freundin auf Gomera. Aber selbst wenn ich die zwei erreichen würde – woher sollen sie wissen, wo ihr Vater steckt?

Am Morgen nach Weihnachten fuhr sie zu Stefanie und ihrer Familie, um zu hören, ob er vielleicht bei ihnen angerufen hatte. »Ich mache mir Sorgen«, sagte sie, »er ist immer so zuverlässig.«

Sie sah, wie Stefanie und ihr Mann einen Blick wechselten.

»Dagmar«, sagte Stefanie und fasste sie behutsam am Arm wie eine Kranke, »lass uns kurz ins Nebenzimmer gehen.« Sie stellte Kaffeekanne, Tassen und eine Schale mit Gebäck auf ein Tablett und trug es nach nebenan. »Setz dich doch. Willst du ein paar selbst gebackene Plätzchen?«

Dagmar schüttelte den Kopf.

»Es fällt mir schwer«, sagte Stefanie, »wie soll ich es dir sagen.«

Sie goss Kaffee ein und schob ihr die Schale mit dem Gebäck hin: »Probier mal. Sie schmecken wirklich gut. Das hiesige Weihnachtsgebäck ist zu süß für meinen Geschmack.«

Zerstreut begann Dagmar an einem Zimtstern zu knabbern.

»Mein Mann will nicht, dass ich mich in eure Angelegenheiten einmische«, sagte Stefanie zögernd. »Ich hoffe, ich kriege keinen Krach mit ihm.«

»In was für Angelegenheiten?«

Ein Hauch Gereiztheit lag in Stefanies Stimme, dass Dagmar sie zwang, klar und deutlich zu sagen, was sie meinte.

»Vielleicht weißt du es längst. Es ist schließlich nichts Besonderes. Das passiert ja in vielen Ehen.«

Sie brach ab. Dagmar schwieg. Stefanie gab sich einen Ruck: »Gerhard hat eine Freundin.«

Dagmars Stimme ist ganz vorn in ihrem Mund, sie wundert sich über ihre vernünftige Stimme: »Seit wann?«

Stefanie, froh, dass Dagmar keine Szene macht, sprudelt nun das Geheimnis hervor, das, wie sie erklärt, seit Jahren auf ihrer Seele lastet. Genau gesagt seit sechs Jahren.

Ein merkwürdiger Blitz flackert ständig in Dagmars rechtem Augenwinkel. Sie zwinkert. Es blitzt.

»Ach, so lange schon?«

Die ganze Geschichte, die sie all die Jahre mühsam zurückgehalten hat, schießt nun aus Stefanie heraus. »Er war oft mit ihr hier und besuchte uns. Es war uns furchtbar unangenehm, denn wir mögen dich ja. Er bat uns inständig, dir nichts zu verraten. Er sagte, er wollte es dir selbst erzählen, aber offenbar hat er es nie getan. Wir haben uns so weit wie möglich rausgehalten. Und irgendwann hatten wir uns an das alles gewöhnt. Daran, dass wir es mal mit dir, mal mit ihr zu tun hatten. Wir waren immer froh, wenn du ohne ihn, nur mit den Kindern hier warst.«

»Tatsächlich? Er war hier mit ihr? In unserem Haus?«

»Ja. Er hat dir jedes Mal weisgemacht, er sei auf einem Kongress oder auf einer Tagung.«

»Ist er jetzt bei ihr?«

»Vermutlich feiert er mit ihr Weihnachten.«

Dagmar kaut und kaut.

»Unsere Kinder wissen nichts?«

»Schwer zu sagen.«

»Und warum erzählst du mir das erst jetzt? Ich dachte, dass du eher mit mir befreundet bist. Weniger mit ihm.«

»Es tut mir Leid«, sie greift nach ihrer Hand, »Werner hat mich immer zurückgehalten. Du weißt doch, er geht so gerne mit Gerhard surfen. Ich habe versucht, die Geschichte nicht wichtig zu nehmen. Ich dachte, das ist irgendwann vorbei wie bei vielen Männern, und wir können das alles vergessen. Aber die Sache wurde immer ernster.«

»Was heißt das?«

»Ach Gott, du zwingst mich jetzt, dir Details zu erzählen.«

»Sag mir alles, was du weißt.«

Sie sitzt da, in Stefanies Plüschsessel, und schiebt sich gedankenlos einen Keks nach dem anderen zwischen die Zähne. Ihr Mund ist eine Essmaschine, klappt auf und zu, auf und zu.

Sie erfährt, dass diese Frau, Nadja heißt sie, nicht unsympathisch ist, leider, sonst hätte man sie kurzweg ablehnen können. »Sie hatte leichtes Spiel. Du warst ja immer auf deine Eigenständigkeit bedacht. Ehe heißt für dich wohl Unterwerfung. Heißt, den Mann bedienen, heißt, in die traditionelle Frauenrolle zurückkehren. Da hat sich Gerhard vernachlässigt gefühlt. Entschuldige, dass ich dir das sage.

Nadja arbeitet mit ihm in der Firma, da war es einfach, dich zu hintergehen. Sie himmelt ihn an, verwöhnt ihn. Und dankbar tut er alles, was sie möchte.«

Dagmar steht auf.

»Willst du nicht bleiben?«

»Nein.«

Als sie aus dem Ort hinausfährt, ist es noch hell. Sie fährt sicher und streng. Sie kennt die Strecke zum Haus im Schlaf. Zunächst ist die Straße schnurgerade, dann kommen weiche Kurven, die sie zügig schneidet.

Diese einsame Weite zu beiden Seiten.

Nun geht es den Berg hinauf. Sie hat sich noch immer nicht an die Automatik gewöhnt. Ihre Hand will schalten und stößt ständig ins Leere. Ich hätte mich durchsetzen sollen, denkt sie, ich hasse Automatik.

Es beginnt leicht zu nieseln.

Es geht hinauf und hinauf, die Kurven werden enger. Der Scheibenwischer klackt träge von einer Seite zur anderen.

Sie lenkt in die Linkskurve, aber plötzlich reagieren die Räder nicht, rutschen weiter geradeaus über seifenglatten Asphalt. Sie kann gerade noch überrascht denken: Das geht aber schnell. Da schießt sie schon über den Abhang hinaus. Wie im Hollywoodfilm, denkt sie erstaunt, während sie genau registriert, wie sie sich überschlägt, überschlägt, überschlägt. Auf einem Erdpfad stoppt der Wagen kurz. Jetzt ist es aber gut, denkt sie. Doch er hat noch zu viel Schwung, poltert weiter den felsigen Hang hinunter, überschlägt sich erneut, und wieder und wieder, bis er schließlich kopfüber auf einem Schottersträßchen liegen bleibt.

Dagmar sitzt auf der Innenseite des Wagendaches, übersät von Scherben.

Wie ruhig es ist. Sie schaut an sich herunter. Nirgendwo fließt Blut.

Kurzsichtig tappt sie nach ihrer Brille.

Die liegt mitten zwischen Glassplittern, unversehrt und unverbogen. Sie setzt sie auf, findet ihren linken Perlmuttclip, der davongeflogen ist, klemmt ihn sich ins Ohrläppchen, entdeckt ihre Schirmmütze, schüttelt ordentlich die Scherben aus, setzt die Mütze auf den Kopf, öffnet das Handschuhfach, holt den Fahrzeugschein heraus, steckt ihn in die Blazertasche. Ihre Gedanken und Gefühle sind eisklar. Noch nie im Leben hat sie sich so klar gefühlt.

Wie komme ich hier raus? Sie fasst nach dem Türgriff. Ungewohnt, ihn vom Dach aus zu greifen. Die Tür klemmt. Ebenso die Beifahrertür. Sie schaut sich um. Das Blech ist rundum nach innen eingedellt, alle Fenster sind zersplittert. Nein, das hintere Seitenfenster ist noch intakt. Sie reckt den Oberkörper, schiebt es auf, wirft ihre Handtasche hinaus, klettert hinterher.

Es nieselt noch immer.

Jetzt ist sie müde. Sie legt ihre Handtasche auf den feuchten Boden und setzt sich darauf. Es nieselt auf ihre Mütze, auf die Schultern.

Da kommen auch schon Leute angerannt, Bauern, die hier unten ihre Häuser haben.

»Nein«, sagt sie, »es ist alles in Ordnung. Mir geht es gut.«

Sie schauen zweifelnd nach oben zur Asphaltstraße hinauf, dann auf das zerstörte Auto, dann wieder auf sie.

»Ich muss nach Hause«, sagt sie, »können Sie mir bitte einen Abschleppwagen und ein Taxi rufen?«

»Keine Ambulanz?«

»Brauche ich nicht. Mir ist nichts passiert.«

Ein Mann legt ihr seinen Regenmantel um die Schultern. Sie möchte weinen.

Das Taxi und der Abschleppdienst kommen fast gleichzeitig. Sie schreibt dem Mann vom Abschleppdienst die Adresse von Miguel auf. Der soll sich das Auto ansehen und entscheiden, ob man es noch retten kann. Gerhard wird wütend sein, denkt sie, sein schönes Auto.

Sie steigt ins Taxi. Der Taxifahrer fragt, ob er sie nicht lieber ins Krankenhaus fahren soll.

»Nein, mir fehlt nichts.«

Er will kein Geld von ihr, als er sich verabschiedet.

Sie geht ins Haus. Sie legt sich aufs Bett. Und wie sie so daliegt, entsteht langsam der Schmerz. Er beginnt in den Beckenknochen, stumpf und beharrlich, er kriecht den Rücken hinauf, Wirbel für Wirbel, zieht unerbittlich weiter bis in den Nacken, erfasst das Brustbein, die Rippen, strahlt in die Schultern, in die Ellbogen, in die Knie, die Finger, die Zehen. Und schließlich schmerzt auch der Schädel, der vergeblich zu denken versucht.

Sie ist nur noch ein Skelett aus Schmerz.

In der Nacht wälzt sie sich und wälzt sich, sucht erfolglos eine bequeme Lage ohne Schmerz. Sie fühlt sich wie durchgeprügelt. Bestimmt ist was gebrochen. Alles ist gebrochen. Ich bestehe nur noch aus Stückwerk.

Das Telefon, denkt sie. Jetzt kann ich keinen erreichen. Aber wen will ich denn erreichen.

Am Morgen hat sie Durst und wälzt sich mit gestreckter Wirbelsäule aus dem Bett. Nicht dass ich mich falsch bewege und nachher querschnittsgelähmt bin. Schlurft steifbeinig in die Küche, gießt sich Wasser in ein Glas. Ihr Rücken schmerzt vom Gewicht des Glases.

Wie lange kann man ohne Essen überleben? Wenigstens verdurste ich nicht. Verdursten geht schneller als verhungern.

Sie legt sich zurück aufs Gästebett, Besucherin im eigenen Haus, schaut in die wogenden Pinienwipfel vorm Fenster.

Vielleicht lag sie nur Stunden so, vielleicht Tage, ernährt von Wasser.

Da klopft es an die Tür, hämmert, schlägt. Sie erhebt sich mühsam, steigt mühsam die Treppe hinunter, Stufe für Stufe. »Ich komme ja schon«, eine raue Stimme, die nicht mehr weiß, wie man spricht. Sie öffnet die Tür. Stefanie steht vor ihr, fasst nach ihr, sie weicht zurück, »Miguel hat mich angerufen und von deinem Unfall erzählt. Wie geht es dir?«

»Gut.«

Stefanie guckt zweifelnd. »Ich hab mir gerade dein Auto angeschaut. Sieht schlimm aus. Nachher kommt ein Arzt.«

»Ich will keinen Arzt.«

»Hier ist was zu essen.«

Als Stefanie einzutreten versucht, steht Dagmar mit ihrem

schmerzenden Körper im Weg. Stefanie bückt sich und stellt die Plastiktüten mit dem Essen an ihren Beinen vorbei auf den Boden. »Brauchst du noch was? Soll ich dir Zeitschriften kaufen? Willst du meinen kleinen Kassettenrekorder haben?«

»Danke. Ich brauche nichts«, sagt Dagmar, »ich muss mich wieder hinlegen«, und schiebt die Tür zu.

»Ich habe Gerhard erreicht«, ruft Stefanie von draußen, »er will die nächste Maschine nehmen. Vielleicht ist er heute Abend schon hier.«

Dagmar steigt die Stufen hinauf, jede kleine Erschütterung spürt sie bis in ihre Eingeweide. Was soll diese Quälerei. Andere Leute stürzen ab und sind tot.

Wie real plötzlich ihr Körper ist, der all die Jahre kaum noch existierte. Der nur noch aus Händen bestand, die routiniert die Spülmaschine ausräumten. Aus Augen, die Fettränder wahrnahmen. Aus Hirnzellen, die Einkaufslisten speicherten. Der Rest von ihr war eingenäht in pflegeleichte Kleidung.

Sie hört, wie Stefanies Auto anspringt, dann das Geräusch der Reifen auf dem sandigen Weg.

Sie legt sich aufs Bett.

Und wie sie so daliegt und ihre Knochen schmerzen und ihr Schädel dröhnt und die Sonne blitzt weiß durch das Piniengezweig, da bricht etwas aus ihrer Tiefe hervor. Das ist nicht sie. Das ist ein ein rasender Dämon, der die Sonne anheult.

Positive Thinking

Julia macht sich Sorgen. Sie macht sich Sorgen um ihre Wollpullover, die durchs Waschen einschrumpfen könnten, um das Wohnungsschloss, ob es einbruchsicher ist, um das Sonnenwetter, ob es anhält oder ob man besser einen Schirm mitnehmen sollte, sie macht sich Sorgen um Atomkraftwerke und Pestizide, um den Geruch ihres Mundes und ihrer Muschi, um den Anblick ihrer Brüste, ihres Hinterns, um Falten, Orangenhaut, Kriegsgefahr. Julia macht sich Sorgen. Und wenn es mal einen Tag gibt, der harmlos verläuft, freundlich, ohne Bedrohung, dann findet sie die einzige Sorge des Tages heraus: zum Beispiel ob sie auch pünktlich beim Arzt sein wird. Arztbesuche gehören zur Vorsorge. Denn da sie sich Sorgen macht, macht sie sich auch Vor-Sorge, sie könnte grauen Star bekommen, wie ihre Tante Hanna, oder einen Herzinfarkt wie der Schwager ihrer Nachbarin, und müsste mit drei Bypässen herumlaufen.

Aber auch zur Nach-Sorge neigt sie. Ob sie alles richtig gemacht hat zur Vermeidung von Hautkrebs, zur Verlängerung ihres Lebens, zur Erhaltung ihrer Schönheit, ihrer Gesundheit. Ob sie den Wasserhahn für die Waschmaschine zugedreht hat, ob sie passend angezogen war beim Opernbesuch, ob sie die richtige Körperlotion gekauft und die günstigste Lebensversicherung abgeschlossen hat.

Natürlich ist Leo, Julias Mann, ein lärmender Optimist. Er gewinnt jeder Niederlage etwas Gutes ab. Hat er 30 000 Euro an der Börse verspielt, sagt er: Wunderbar, jetzt schaffe ich es, mit dem Spekulieren aufzuhören.

Hat er sich den Knöchel beim Skilaufen verstaucht, behauptet er, die Ruhe tue ihm gut.

Hat er für drei Monate den Führerschein verloren wegen zu schnellen Fahrens, lacht er nur: Dann hole ich mein Fahrrad aus dem Keller und strampele mich gesund.

Als sie einander kennen lernten, trieben sie aufeinander zu: der Positiv- und der Negativ-Pol. Er sah nur das Gute im Menschen, sie nur das mögliche Schlimmste und breitete ihm alle ihre Zukunftsängste aus: Er könnte fremdgehen, krank werden, sterben.

Da er weder zum Krankwerden noch zum Sterben neigt, konzentriert sie sich nun auf die übrig gebliebene Sorge: Untreue.

Leo ist jedoch ein bequemer Typ, der gerne seinen alltäglichen Gewohnheiten nachgeht, am Wochenende lieber seine Fußballkumpels trifft statt eine pikante Geliebte, die unberechenbare Ansprüche an ihn stellt, kurzum, er ist ein Mann, dem das Fremdgehen zutiefst gegen die Natur geht. Gutwillig bemüht er sich, seine ängstliche Angetraute zu beschwichtigen. Sie aber kann ihren Hang zum Sich-Sorgen nicht eindämmen, misstraut jeder Frau in seiner Nähe, misstraut auch ihm, seiner Standfestigkeit, sie kenne keinen Mann, sagt sie, der freiwillig treu sei, und keine Frau, die es nicht darauf absehe, ihn zu verführen, schließlich sei er ein außerordentlich attraktives Exemplar seines Geschlechts.

Statt sich also anzunähern, bis beide ein gesundes Gleichgewicht zwischen gutem Mut und misstrauischem Zaudern entwickelt haben, verstärken sich die Gegensätze: Je unbekümmerter Leo in die Welt hinausgeht, umso mehr hält es Julia zu Hause. Je unbesorgter Leo die Dinge tut, die ihm Freude machen, umso banger ist Julia darauf bedacht, alle Gefahren des Lebens aus ihrer Nähe zu verbannen. Je liebevoller Leo sich zeigt, um ihr die eifersüchtigen Ängste zu nehmen, umso mehr ist Julia überzeugt, er wolle durch seine Zärtlichkeiten etwas überspielen, verbergen, eine langjährige Geliebte beispielsweise, die nur darauf lauert, ihre Position einzunehmen.

Kein Wunder, dass selbst Leo mit seinem robusten Gemüt

unwillig reagiert, und Julia muss immer häufiger an die Warnung ihrer Freundin Bettina denken: »Mit deinem ständigen Argwohn treibst du Leo dazu, dass er genau das tut, was du fürchtest.«

Man muss es Julia ein wenig nachsehen, dass sie Ängste hat, denn vor Leo war sie mit einem Mann verheiratet, dem sie verliebt und arglos vertraut hatte, und den sie, als sie an einem Sonntagnachmittag wegen einer kleinen Magenverstimmung früher als geplant von ihrer bettlägerigen Mutter nach Hause kam, in leidenschaftlicher Aktion mit der Floristin von gegenüber vorfand, noch dazu im Ehebett.

Obwohl Julia verständlicherweise eine Wiederholung scheue, steuere sie trotzdem hartnäckig darauf zu, meint Bettina. Sie, Julia, sei so negativ programmiert, dass sie das Schicksal quasi zwinge, ihren Befürchtungen nachzukommen. Vermutlich habe sie auch unbewusst ihren vorigen Ehemann zu seinem Seitensprung provoziert.

Der Mensch sei dazu da, glücklich zu sein, erklärt Bettina weiter. Jede negative Programmierung lasse sich in eine positive verkehren. Sie selbst habe in einem Positive-thinking-Seminar gelernt, sich auf die Sonnenseite des Lebens zu schlagen, und, wie Julia wisse, nach fünfzehn quälenden Ehejahren endlich ein entspanntes Verhältnis zu ihrem Mann gefunden.

Er, ein chronischer Fremdgänger, habe sie jahrelang in Atem gehalten. Erst nach absolviertem Seminar mit allen Finessen der Positive-Schulung, sagt Bettina, habe sie die Vorteile dieser Ehe begriffen. Nicht nur die angenehme finanzielle Versorgung durch ihren Mann sei ihr bewusst geworden, sondern auch die Freiheiten, die er ihr lasse. So habe sie sich ebenfalls Liebhaber zugelegt und sich mit ihnen vergnügt. Ihr Mann habe mit tiefer Dankbarkeit reagiert, denn nun konnte er seinen erotischen Vorlieben ohne Schuldgefühle nachgehen. Ihre Beziehung habe sich dadurch zu einer echten Partnerschaft entwickelt, sagt Bettina, in der man einander nicht behindere, sondern zum Glück des anderen energisch beitrage.

»Und was ist mit dem Sex?«, fragt Julia bang, »schlaft ihr noch miteinander, dein Mann und du?«

Sie lacht. »Ach, weißt du, beim Sex haben wir nie zusammengepasst. Er möchte, dass ich ihn gleich an der Tür mit freiem Unterkörper empfange, wenn er von der Arbeit kommt. Das Direkte liegt mir nicht. Ich brauche den abwartenden Liebhaber, der mich nicht drängt. Am liebsten sind mir neurotisch Bindungsgestörte, die immer wieder zu ekstatischen Verschmelzungen fähig sind, ohne mir anschließend am Rockzipfel zu hängen. Und für den Fall, dass ich plötzlich doch Sehnsüchte entwickle, habe ich mir vorsorglich drei von der Sorte zugelegt, immer springt einer für den anderen ein. So bin ich nie in der kläglichen Warteposition, wie so viele Frauen.«

»Und wie findest du deine Liebhaber?«

Sie lacht: »Nicht durch Turteln und verliebte Blicke. Damit schlägst du jeden Bindungsgestörten – und wer ist das heutzutage nicht – in die Flucht. Mach deutlich, dass es dir um rein körperliche Freuden geht, ohne Erwartungen an irgendwelche tieferen Gefühle – dann stehen die Männer Schlange.«

»Ich suche keinen Sex«, sagt Julia, »ich möchte nur aufhören, Leo mit meiner Eifersucht von mir wegzutreiben.«

»Da kann ich dir das Seminar wärmstens empfehlen.«

Julia meldet sich an.

Brav absolviert sie all die Übungen zur Um-Bewertung negativer Einstellungen und ersetzt destruktive Elemente durch positive Programme. Und siehe da – es wirkt.

Julia ist, als habe sich von heute auf morgen ein Hebel in ihrem Hirn umgelegt, plötzlich sieht sie das halb volle Glas Wasser und nicht mehr das halb leere. Plötzlich sieht sie all die Wollpullover, die jeden Waschvorgang unbeschadet überstanden haben, plötzlich sieht sie die Biokost statt der Pestizide und die von Waren überquellenden Kaufhäuser statt eines zukünftigen Weltkrieges. Plötzlich hofft sie, dass das Wartezimmer beim Arzt gerammelt voll ist, damit sie endlich zum Zeitungslesen kommt, plötzlich begreift sie, dass der ewig gestresste Schwager ihrer Nachbarin den Herzinfarkt braucht, um endlich über sein Leben nachzudenken.

Plötzlich freut sie sich an Leo, ihrem Mann, der so unbekümmert seinen harmlosen Hobbies nachgeht. Plötzlich sieht sie ihn, wie er ist.

Wenn er sich am Wochenende zum Fußball aufmacht, überfällt sie ihn nicht mehr mit tausend Befürchtungen, die Ehefrauen seiner Kumpels könnten sich allzu sehr für ihn begeistern, sondern sagt lächelnd: »Geh nur, mein Schatz!«

Mit Freude widmet sie sich nun den banalsten Hausarbeiten, ohne sich zu sorgen, ob ihr Intellekt auch genügend gefordert würde. Begeistert kümmert sie sich um Einkauf, Hausputz, Kochen, Bügeln, arbeitet sich in die Pflege von Balkon- und Zimmerpflanzen ein und nimmt glücklich an einem Kurs für gesunde Ernährung teil.

Es gibt keine Eifersuchtsszenen mehr, keine Weinkrämpfe, keine Wutausbrüche, keine endlosen Tiraden, was alles passieren könnte. Julia belästigt Leo nicht mehr mit ihren Zärtlichkeitswünschen – wenn er zärtlich ist, freut sie sich, wenn er schlechte Laune hat, lässt sie ihn in Ruhe, ohne gleich zu argwöhnen, er habe sich eine Zweitfrau zugelegt und jedes Interesse an ihr verloren. Sie ruft ihn nicht mehr dreimal am Tag im Büro an, sie jammert ihm nicht mehr die Ohren voll, dass sie sich allein fühle ohne ihn, dass sie ihn vermisse, auf ihn warte, dass sie Angst habe, er fange etwas mit einer seiner Kolleginnen in der Firma an, die doch alle scharf auf ihn seien. Beim Weihnachtsfest neulich habe sie doch bemerkt, wie sich die junge Praktikantin an ihn herangemacht habe … usw.

Manchmal gelingt es ihr, den ganzen Tag nicht anzurufen.

Alles ist wunderbar im Gleichgewicht, eine reife Partnerschaft zwischen zwei erwachsenen Personen, die ideale Ehe. Sie ist stolz auf sich.

Und dann, an einem Sonntagnachmittag, als sie gerade Kaffee kocht und den selbst gebackenen Apfelkuchen auf den Tisch stellt, passiert Folgendes.

Leo bittet hüstelnd um ein Gespräch. Wie alle Ehemänner trägt Leo sein Herz nicht gerade auf der Zunge, er hat sich eine gesunde Abwehr gegen tief schürfende Beziehungsanalysen bewahrt. Zu Recht fürchtet er Julias exzessive Gefühlsaufwallungen, die mit jedem Gesprächsversuch einherzugehen pflegen.

Wie schön, denkt Julia heiter, ich verändere mich – und schon verändert er sich, das ist die Beziehungsdynamik, von der unser Seminarleiter sprach. Ich lasse ihn los – und schon kommt Leo auf mich zu. Eine ganz einfache Lebensregel. Warum hat mir das keiner früher erzählt? Ich hätte mir so viele quälende Grübeleien ersparen können.

Sie gießt ihm und sich Kaffee ein und wartet fröhlich ab, was er ihr Wichtiges zu sagen hat.

»Du bist so anders geworden«, beginnt er unbeholfen. Das Miteinanderreden ist in der Tat nicht seine Stärke.

»Ja«, sagt Julia stolz, »ich weiß.«

Wieder hüstelt er. Sie legt ihm die Hand auf den Arm, um ihn zu ermuntern, mit seinem Anliegen herauszurücken. Er zieht den Arm weg. Mit Freude stellt sie fest, dass sie keinerlei Furcht verspürt, sein Verhalten habe etwas mit ihr zu tun. Früher glaubte sie bei jeder Zurückweisung, er liebe sie nicht mehr, er habe eine andere. All diese destruktiven Mechanismen hat sie gottlob überwunden.

Er will zeigen, dass er autonom ist, er braucht meine Unterstützung nicht, denkt sie fröhlich, und lehnt sich entspannt zurück, ganz bei sich, erwartungslos und offen für alles, was da kommen mag.

Und da kommt es, sprudelt plötzlich nur so aus ihm heraus, brodelt, strömt, platzt.

Er habe sich die letzte Zeit vernachlässigt gefühlt, schnauft er, offenbar liebe sie ihn nicht mehr, sie sei so kalt, so gefühllos, so ohne Wünsche an ihn. Er sei sich wie ein Trottel vorgekommen, sie brauche ihn offenbar nicht mehr, sie sei wohl auf dem Absprung, wahrscheinlich habe sie längst einen anderen Mann.

Julia lächelt ihn an. Der Arme, denkt sie, was macht er sich plötzlich für Probleme. Ja, so war ich früher. Er sollte auch mal das Positive-thinking-Seminar besuchen, gleich hole ich ihm den Prospekt aus der Schublade.

»Sorge dich nicht«, sagt sie freundlich, »es geht mir gut mit dir.«

»Mir nicht«, wütet er mit einem Mal los, »ich wollte dir nur sagen, ich bin mit einer anderen Frau zusammen, die mich ernsthaft liebt.«

Mit einem Ruck reißt es sie hoch in die Schwebe – da hängt sie plötzlich zwischen Zimmerdecke und Laminatboden, so unwirklich ist das, was er sagt. Er meint das doch nicht wirklich. Ihr Leo ist treu, er liebt sie, er schaut auf keine andere Frau, nur auf sie.

Was redet dieser Mann da unten am Kaffeetisch, der aussieht wie Leo, aber es ist nicht Leo, da ist irgendetwas schief gegangen, da ist irgendetwas völlig falsch gelaufen, das stimmt nicht, was dieser Leo sagt, der nicht ihr Leo ist, wer ist er denn?

»Und was willst du jetzt tun?«, kommt ihre Stimme aus ihrem Mund so metallen, so fremd.

»Ich will mich von dir trennen«, seufzt er, »es tut mir Leid. Aber ich denke, es ist in deinem Sinne.«

Dann atmet er tief ein und sagt: »Keine Sorge, es geht schnell und schmerzlos. Ich lass dir die Wohnung, die Möbel. Ich nehme nur meine eigenen Sachen mit, Kleidung und Rasierzeug. Alles andere behältst du.« Er tätschelt ihr den Handrücken. »Nimm's mir nicht übel.«

Schon steht er auf, schon schleppt er seine bereits gepackten Koffer herbei, er hat wohl, als sie auf dem Balkon das Unkraut aus den Blumenkübeln zupfte, alles vorbereitet für einen schnellen Abgang.

»Gisela wartet unten auf mich.« Sie hört seine Schritte die Treppe hinunter tappen. Gisela, was für ein spießiger Name.

Sie tritt auf den Balkon und schaut über das Geländer hinweg. Oben ist der freundliche Himmel. Unten tief die Straße. Neben Leos Auto wartet eine Frau, nicht jung, nicht schön. Eine Frau, die ihm entgegenfliegt, ihn umhalst, er muss die Koffer absetzen, so stürmisch wird er willkommen geheißen, sie lässt ihn nicht los die drei Meter zum Auto, immer wieder greift sie nach seiner Hand, seiner Schulter, immer wieder, als könnte er ihr allzu leicht verloren gehn.

Da steht Julia also auf dem Balkon, wunschlos und frei, umrahmt von blühenden Fuchsien und Petunien. Soll sie sich hinunterstürzen auf die zwei Glücklichen? Sie zermalmen mit ihrem Gewicht?

Soll sie den Seminarleiter verklagen? Schmerzensgeld fordern?

Soll sie vor Gericht ziehen und eine kostenlose Zurück-Programmierung erkämpfen?

Zurück zu den Sorgen, zu den Ängsten, zum Negative Thinking?

Soll sie Bettina beschimpfen, die es so gut gemeint hat mit ihr? Ach, denkt sie und tritt freudig zurück in die Wohnung, jetzt habe ich im Schrank endlich Platz für meine Kleider, meine Schuhe, sie läuft herum, betrachtet jedes Zimmer, stellt fest, was fehlt.

Kaum etwas fehlt. Sein Beutel mit den Sportsachen. Was will ich einen Mann, denkt sie entschlossen, der jedes Wochenende Fußballspielen geht. Was will ich einen Mann, mit dem keine tiefgründigen Gespräche möglich sind. Der Mozart nur durch Mozartkugeln kennt. Der Schopenhauer für einen Kräuterschnaps hält. Der nur den Sportteil unserer Zeitung liest. Höchstens noch etwas Wirtschaft und Politik. Wie wunderbar unabhängig bin ich jetzt. Offen für alle Freuden des Lebens. Jetzt endlich kann ich mir ein Dutzend Liebhaber zulegen so wie Bettina.

Sie tritt an den Kühlschrank, holt eine Familienpackung Pistazieneis aus dem Gefrierfach, stößt ein Messer in die feste Masse, kratzt, stochert, bis das Eis an der Oberfläche weich wird, hebt das Weiche mit einem Löffel ab, schlürft, schluckt, schlabbert, stößt von neuem das Messer hinein und ruht nicht eher, als bis sie den ganzen Eisquader vertilgt hat.

Dann geht sie ganz ruhig zurück auf den Balkon, hängt den Kopf über die Brüstung und erbricht sich über dem Abgrund.

Am Strand

Da rast eine Schöne durch die Nacht, mit fliegendem Haar, geschlitztem Rock, die Naht kracht auf, die Absätze knallen, sie rast vom Kino zum Tresen zum Tanz, verliebt sich für zwei Minuten, rast weiter, verliebt sich, trennt sich, ach, diese Liebe, die sich überstürzt, sich panisch mal hier mal da festkrallt, an ein zufälliges Lächeln, an einen zufälligen Wurf der Haare, einen Schwung des Mundes, der Hüften, die sich panisch losreißt, sobald der Reiz fort ist, der Schwung des Mundes sich ändert, ich muss weg, ich muss weiter, wo finde ich Ruhe.

Da ist einer, der steht und auf sie wartet, aber er hat einen Bauch und eine Hornbrille und er riecht nach Zwiebel, weiter zum nächsten, der ist ihr zu jung, zu alt, hat einen albernen Bart, und weiter und weiter, getrieben von Sehnsucht, von Angst, von überschäumender Liebe, die, sobald sie Haut berührt, in sich zusammensinkt und nichts übrig lässt als einen feuchten Fleck im Bettlaken, der irgendwann antrocknet, so wie die gewaltig sich auftürmenden Wellen am Strand, die kläglich verrinnen, von neuen eingeholt werden, ein wildes Auf und Ab, und Hin und Her, eine Liebe, die auf der Stelle rast, mit wildem Geheul und Gejubel und gleich wieder vorbei ist, ausgelöscht, als sei nie etwas geschehen, als habe man sich nie berührt, flüchtige Zeichen wie Fußspuren am Strand, die keine Flut überleben

Freiheit

Ich habe ihm gesagt, dass ich ihn liebe, und er hat mir gesagt, er liebt mich nicht.

Ich habe ihm gesagt, ich würde so gern mit ihm schlafen.

Er hat gesagt, dann weinst du wieder.

Ja, kann sein, habe ich gesagt, es ist doch traurig, wenn ich dich liebe und du mich nicht. Aber was hat das mit dem Miteinanderschlafen zu tun?

Er will mich nicht verletzen, sagt er, und wenn ich weine, sieht er, dass er mich verletzt.

Aber ich weine oft, sage ich, schau, jetzt habe ich Tränen in den Augen, einfach so.

Er will nicht mit einer Frau schlafen, die dauernd weint, sagt er.

Aber reizvoll findest du mich, sage ich.

Das schon, sagt er.

Wenn wir öfter miteinander schlafen, weine ich vielleicht nicht mehr so viel, sage ich.

Oder mehr, sagt er.

Und wennschon, sage ich, vielleicht gewöhnst du dich ja dran.

Das glaube ich nicht, sagt er.

Ich habe mich ja auch dran gewöhnt, sage ich, dass du mit anderen Frauen ins Bett gehst.

Und dann weinst du, sagt er.

Dann weine ich eben, sage ich. Warum ist das schlimm?

Dann fühle ich mich unfrei, sagt er.

Wieso das denn, frage ich.

Ich denke dann, ich darf nicht mit anderen Frauen ins Bett gehen, sagt er.

Ich bin nicht das Gesetzbuch, sage ich.

Aber du möchtest nicht, dass ich mit anderen Frauen ins Bett gehe, sagt er.

Nein, natürlich nicht, sage ich.

Siehst du, sagt er.

Wieso, was sehe ich, sage ich.

Du sagst doch, du liebst mich, sagt er.

Ja, sage ich.

Dann müsste es dich doch freuen, wenn ich glücklich bin, sagt er. Und sei es mit einer anderen Frau.

Ich bin nicht deine Mama, sage ich.

Du bist egoistisch, sagt er.

Jetzt muss ich weinen, sage ich.

Siehst du, sagt er, jetzt darf ich wieder nicht mit anderen Frauen schlafen.

Siehst du, sage ich, jetzt darf ich wieder nicht weinen.

Warum darfst du nicht weinen, sagt er, weinen ist doch nicht verboten.

Aber es gefällt dir nicht, sage ich.

Was heißt gefällt, sagt er. Wenn du weinst, weiß ich, dass ich ein schlechter Mensch bin.

Du bist kein schlechter Mensch, sage ich.

Aber ich schlafe mit anderen Frauen, sagt er.

Ich weiß, sage ich. Aber ich möchte so gern mit dir schlafen.

Marianne

Meine Mutter will nicht ins Heim. Sie ist fast achtzig, ihr Haushalt verschlampt, aber sie will nicht ins Heim. Was mache ich bloß. Ich rede ihr gut zu, aber sie trotzt wie ein Kind. Soll ich sie zwingen?

Richtig krank ist sie nicht. Ein bisschen verkalkt, in den Füßen Arthrose, aber sonst fehlt ihr nichts. Immer langsamer wird sie und immer dicker. Wie eine große, schleimige Schnecke schleppt sie sich durch die Wohnung. Am liebsten liegt sie im Sessel.

Eine Haushaltshilfe braucht sie nicht, sagt sie. Halb blind wie sie ist, sieht sie keinen Dreck. In Zeitlupe kocht sie, in Zeitlupe putzt sie, in Zeitlupe kauft sie ein.

Ich sehe sie an der Kasse im Supermarkt stehen und ihre Pfennige aus der Geldbörse kramen, einen nach dem anderen. Sie hat ihre Lesebrille vergessen, sie hält der Kassiererin jeden Pfennig einzeln hin, ich sehe die zappelnde Kassiererin, die ihr am liebsten die Börse aus den Händen reißen möchte, die am liebsten selbst zählen möchte, ich sehe die Wartenden hinter ihr, die ihr am liebsten ihren Einkaufswagen in die Fersen stoßen möchten.

Aber meine Mutter braucht keine Hilfe. Sie besteht darauf, allein einzukaufen und Pfennig für Pfennig herauszukramen. Sie schiebt den Kassenzettel in die Börse, schließt den Druckknopf, lässt die Börse in das kleine Seitenfach der Einkaufstasche fallen, zieht den Reißverschluss zu, öffnet den Reißverschluss des Hauptfachs, dieweil sich die vom Band rutschenden Waren übereinander türmen, immer neue, immer mehr. Sie hört nichts, sie spürt nichts. Sie ist ganz aufs Sortieren konzentriert, dass sie nur ja nichts vergisst. Sorgfältig verstaut sie ihr Bratöl, ihr Glas Apfelmus, ihr Puddingpulver.

Und jetzt hat sie auch noch einen Mann kennen gelernt.

Das erzählt sie einfach so, beiläufig wie das Normalste der Welt, mit ihrer leisen schleppenden Stimme. Für jeden Satz, den sie sagt, braucht sie Jahre.

Er saß im Wartezimmer des Orthopäden, bei dem sie in Behandlung ist mit ihren arthritischen Füßen. Man kam ins Gespräch, sagt sie. Später habe er sie nach Hause begleitet.

Ist das wahr, Mama? Von einem wildfremden Mann lässt du dich nach Hause begleiten?

Er hat sie die Treppen hinauf gestützt, sagt sie. Oben hat sie ihm einen Kaffee gemacht.

Einen wildfremden Mann lässt sie hinein in ihre Wohnung. Macht ihm einen Kaffee. Sie wird immer seniler. Sie denkt nicht mehr. Hat sie denn gar keine Angst? Ein wildfremder Mann. Mama, das kannst du doch nicht machen.

Ein Hauch Entrüstung erscheint in ihren Augen. Warum denn nicht?

Und habt ihr euch wiedergesehen? Wie alt ist er?

Eine zarte Röte steigt in ihre Wangen, zieht ihre hohe runde Stirn hinauf bis zum Ansatz ihrer spärlichen Haare. Er sei etwas jünger als sie, sagt sie. Fast jeden Tag sei er bei ihr, sagt sie.

Jeden Tag? Mama, du bist verrückt. Bald wohnt er bei dir und du wirst ihn nie wieder los.

Er war Seemann, sagt sie, und er hat keine Angehörigen. Keine Frau, keine Kinder, niemanden.

Seemann. Das kann doch nicht wahr sein. Wer weiß, was dieser Kerl für Absichten hat. Irgendwo gemütlich unterschlüpfen. Womöglich von Mamas Witwenrente leben, ihren Schmuck verkaufen, ihr Meißner Porzellan, ihr Silberbesteck. Womöglich Alkoholiker.

Hätte ich sie doch ins Heim gesteckt. Sie macht einfach, was sie will.

46

Sie will nicht ins Heim. Sie behauptet, der Seemann hilft ihr im Alltag. Er kocht gern, sagt sie, und wäscht ab und putzt den Boden. Das hätte er auf See gelernt. Und einmal die Woche badet er mich, sagt sie.

Du lässt dich baden? Mama!

Ich kann es nicht glauben. Meine alte Mutter zieht sich vor diesem Kerl aus. Zeigt ihm ihren schweren welken Körper. Steigt nackt in die Wanne. Er badet sie. Und weiter? Plötzlich scheint alles möglich.

Mama! Was macht er noch?

Meiner Mutter muss man jedes einzelne Wort aus der Nase ziehen. Nichts erzählt sie von selbst.

Er geht mit ihr spazieren, sagt sie. Er passt auf, dass sie nicht fällt, halb blind, wie sie ist, wacklig auf den Beinen, wie sie ist.

Und beim Baden?, will ich energisch wissen. Was tut er da?

Sie schweigt verstockt. Das sagt alles.

Aus demütiger Dankbarkeit vermacht sie ihm ihren Körper. Überlässt sich diesem abgetakelten Lüstling. Wie peinlich. Wie würdelos. Mit beinahe achtzig. Meine Mutter dreht durch. Sie gehört ins Heim. Sie hat ihr Leben nicht mehr im Griff. Da holt sie sich diesen Schmarotzer von der Straße, diesen perversen Lustgreis – meine Mutter ist irre.

Mit Kaspar, meinem Mann, kann ich nicht reden. Er will nichts mit alten Leuten zu tun haben. So habe ich meine Mutter allein am Hals. Er war noch nie eine Hilfe. Gottlob sind die Kinder aus dem Gröbsten raus. Aber das heißt nicht, dass ich keine Sorgen mehr hätte. Die Tochter ist in ein Großmaul von Sizilianer verliebt. Du machst dich unglücklich, mein Kind, sage ich. Aber sie will nicht auf mich hören. Ebenso wenig wie der Kleine. Er will Schreiner werden, der Dummkopf. Dabei ist er so begabt. Ich rede und rede. Denk an deine Zukunft, sage ich. Aber er macht, was er will.

Auch aus Kaspar, meinem Mann, hätte mehr werden können als ein Angestellter bei der Bahn. Leider hat er keinen

Hauch Ehrgeiz. Keinen Mumm. Kein Durchhaltevermögen. Manchmal ist er wie ein drittes Kind. Lahm und störrisch.

Und jetzt meine Mutter mit ihrem Seemann. Bislang habe ich mich immer beherrscht. Ihr keine Vorwürfe gemacht. Oder kaum. Nicht eingegriffen. Oder kaum.

Ihr Schlafzimmer riecht streng nach Urin. Sie kann das Wasser nicht halten. Tags trägt sie Windeln. Nachts sickert alles ins Laken.

Das feuchte Bettzeug häuft sie in eine Ecke, bis ich komme und alles wasche.

Ich frage mich, wie dieser Seemann es mit ihr aushält. Über einen Monat wohnt er jetzt bei ihr. Sein Geruchssinn scheint genauso defekt wie ihrer. Ob sie zusammen in ihrem Bett schlafen? Auf feuchten, stinkenden Laken? Wer bedient die Waschmaschine? Etwa er?

Ich schiebe meinen Besuch vor mir her. Aber ich bin die Tochter. Ich muss mich um das Wohl meiner Mutter kümmern. Ich muss mir ihren Seemann vorknöpfen.

Meine Mutter und ich hatten nie das beste Verhältnis. Wenn mein Vater mich schlug, rang sie hilflos die Hände. Dabei war sie eine große und imposante Erscheinung.

Doch er hatte das Sagen. Sie erfüllte ihm jeden Wunsch.

Ich verachtete sie. Ihre leise schleppende Stimme. Ihren kuhäugigen Unschuldsblick. Nie schalt sie uns Kinder. Nie klagte sie.

Alles nahm sie hin. Die Arbeit. Die Demütigungen. Nachts riss er sie aus dem Schlaf und befahl ihr, die Küche zu putzen. Verängstigt gehorchte sie. Er tat nie einen Handschlag.

Der Herzinfarkt fällte ihn wie einen Baum.

Und jetzt der Seemann.

Ich verschiebe meinen Besuch von Woche zu Woche. Ich flehe Kaspar an, mich zu begleiten. Er windet sich. Dauernd fallen ihm neue Ausreden ein.

Schließlich, nachdem der Kontakt zu meiner Mutter über Monate aufs Telefonieren reduziert war, gebe ich mir einen

Ruck. Was fürchtest du? schelte ich mich. Der Kerl ist alt. Vor welcher Wahrheit willst du dich drücken?

Obwohl ich glaubte, auf alles gefasst zu sein, bin ich schockiert.

Ich habe geklingelt. Ein fremder Schritt durchmisst den Flur. Dann steht er vor mir, der Seemann, klein, stämmig, kurznackig, mit einem Kranz von kräftigen Borsten um seinen kahlen Schädel.

Er trägt Unterhemd und Jogginghose und ist über und über tätowiert. Ich schätze ihn auf höchstens siebzig, so vital wirkt er mit seinen muskulösen, dick geäderten Armen, mit seinen dick geäderten Schläfen.

Wir mustern uns kurz, dann begrüßt er mich mit einem kernigen Händedruck und mit einem eigentümlichen Singsang in der rauen Stimme. Beklommen folge ich ihm ins Wohnzimmer.

Da liegt meine Mutter im Sessel, die großen wässrigen Augen halb geschlossen. Ihr mächtiger Unterleib breitet sich in der Sitzmulde aus. Über ihren weichen Brüsten, zwischen ihren molligen Knien öffnet sich das blau geblümte Sommerkleid.

Widerstrebend trete ich neben sie, um flüchtig ihre Schulter zu berühren.

»Mama, ich mach uns einen Kaffee«, sage ich.

»Du weißt ja, wo alles ist, Kind«, erhebt sich träge die Stimme meiner Mutter aus dem Sessel, und ich fliehe in die Küche, um, wie bei jedem Besuch, als Erstes einen Getreidekaffee zu bereiten und die Sahne für den mitgebrachten Obstkuchen zu schlagen.

Gefasst, das voll gestellte Tablett balancierend, stoße ich mit dem Ellbogen die Tür auf.

Der Anblick im Wohnzimmer schockiert mich von neuem.

Meine Mutter liegt wie zuvor in ihren Sessel gebreitet, den Kopf lasziv nach hinten gelehnt, die Augen geschlossen. Neben dem Sessel, mit dem Gesicht zu mir, steht der Seemann, einen Kamm in der Hand und kämmt meiner Mutter das Haar. Er kämmt es mit einer Zartheit, mit einer hingebungsvollen Konzentration, so vertieft, dass er mein Hereinkommen nicht wahrnimmt. Erst als ich die Tassen auf dem Tablett klirren lasse, hebt er leicht den Kopf und lächelt mich an.

»Sie hat das so gern«, sagt er, »sie hat so gern, wenn ich sie kämme.«

Und meine Mutter liegt reglos da, mit ihrem hochgeschoppten Rock, ihren dicken Knien, ihrem Doppelkinn, das weich in die Masse der Brüste übergeht.

Energisch verteile ich Geschirr und Kuchen.

»Sie essen doch mit?«

Er nickt und kämmt.

»Mama, ich gieß dir ein.«

Sie antwortet nicht. Sie liegt hingebreitet da und lässt sich von ihrem Seemann kämmen. Ich fühle mich unwohl. So intim wollte ich meine Mutter nicht erleben. So vertrauensvoll mit ihren dünnen Härchen.

»Wissen Sie«, sagt der Seemann unvermittelt in seinem weichen Singsang, während er die Haare meiner Mutter mit dem Kamm streichelt, »ich wusste gar nicht, was Liebe ist. Ich war dreimal verheiratet und hatte jede Menge Frauen, das können Sie mir glauben.«

Ich glaube es ihm.

»Ich habe mich für einen tollen Hengst gehalten. Ich war ein grandioser Ficker.«

Meine Mutter rührt sich nicht. Er kämmt und kämmt, konzentriert, behutsam, sanft, geduldig.

»Aber ich war immer einsam, wissen Sie. Ich habe das gar nicht gemerkt. Ich habe rumgehurt auf Teufel komm raus. Ich habe mir die Einsamkeit aus dem Leib gefickt. Aber dann machte das Herz nicht mehr mit, wissen Sie.« Er legt sich seine linke Pranke auf die Brust. »Ich lag auf der Intensivstation und dachte: Das also war dein Leben. Ich kriegte keinen Besuch. So wie alle andern. Das macht einen schon nachdenklich. Ich wusste ja nicht, wie das geht mit der Liebe. Nein, ich hab nichts vermisst. Aber vielleicht doch. Ich war nie wirklich glücklich, wenn Sie wissen, was ich meine.«

Ich weiß, was er meint. Ich sitze da und kaue meinen Aprikosenstrudel und halte meine Tasse und denke an Kaspar. An unsere vertrauten Zankereien, an seine Sturheit, an meine Sturheit. Da bin ich zweiunddreißig Jahre verheiratet, und nie wirklich glücklich gewesen.

Manchmal spürte ich vielleicht einen Hauch, hatte eine kleine Ahnung, wie es sein könnte. Aber ich habe gelebt, als würde ich das Leben auf ein späteres Leben verschieben, das ganz neu und ganz anders wäre als mein jetziges.

»Ich habe nie geliebt«, sagt der Seemann, »zum ersten Mal liebe ich.«

Liebe – was für ein peinliches Wort. Ich habe nie geliebt – was für ein Pathos!

Man hat nicht geliebt in meiner Familie. Es wurde nicht umarmt, nicht geküsst. Nur meine Mutter versuchte zaghaft, die Regeln zu verletzen. Vielleicht hätte sie mich herzhafter kosen sollen. Ihre Vorsicht machte mich reizbar. Ihre Bedürftigkeit machte mich unwirsch. Sie bekam nicht, was sie brauchte. Nicht bei diesem Mann, nicht bei diesen Kindern. Ich ertrug ihre zaghafte Zärtlichkeit nicht. Ihre Nähe nicht. Ihren Geruch nicht. Ich verachtete sie, weil sie uns brauchte.

Meinen Vater hasste und fürchtete ich. Doch obwohl er mich schlug, roch ich ihn gern. Mir gefiel seine Selbstherrlichkeit. Seine Kraft, die sich nicht um Liebe scherte. Ja, ich bewunderte ihn. Ich wollte sein wie er. Ich wurde wie er. Ruppig wie er.

Auch meine Kinder sind spröd, widerborstig, unleidlich. Sie sind wie ich. Sie küssen nicht gern.

»Es ist so schön«, sagt der Seemann, »wie Marianne genießt, wenn ich sie berühre.«

Er nennt sie beim Vornamen. Wie befremdlich das klingt. Mein Vater hat immer nur »Mutter« zu ihr gesagt.

»Bei ihrem Ehemann ist sie zu kurz gekommen«, fährt der Seemann fort, noch immer vertieft ins Kämmen. Er kämmt und kämmt. Doch nicht mechanisch, obwohl er beim Kämmen spricht. Er liebkost ihr den Kopf mit seinem Kamm.

»Der Sex mit ihm hat ihr nie gefallen«, sagt er, »dreiundfünfzig Jahre lang Sex, der ihr nicht gefällt. Das ist doch traurig, oder?«

Der Sex mit Kaspar hat mir nie gefallen. Kaspar ist mir zu sanft, zu harmlos, zu vorwurfsvoll.

»Aber«, nun beugt sich der Seemann hinunter zum Ohr meiner Mutter: »Aber mit uns ist es schön, nicht, meine Liebste, meine Schöne, mein Sonnenschein?«

Eine sanfte Röte steigt aus dem weichen Busen meiner Mutter auf, fließt ihr über Hals und Gesicht.

»Musst dich nicht schämen«, flüstert er, »ist doch was Schönes, nicht?«

Und unmerklich nickt meine Mutter, ohne die Augen zu öffnen.

Ich halte es nicht aus. Ich greife das leere Milchkännchen und flüchte in die Küche.

Sex miteinander. Und es scheint ihr sogar gut zu tun.

Lässt dieser Trieb denn nie nach?

Kaspar will, dass ich ihn will.

Er droht mit anderen Frauen, die weiblicher, reizvoller, verführerischer sind als ich. Ich lache nur. Mich würde es nicht stören, wenn er fremdginge. Aber er tut es nicht. Alle Männer gehen fremd. Er nicht.

»Ich muss gehen«, sage ich, zurück im Wohnzimmer, wo der Seemann gerade den alten Plattenspieler anschaltet und nach dem Musikwunsch meiner Mutter fragt. Behutsam setzt er den Tonarm auf. Dann wendet er sich mir zu, schüttelt mir die Hand und sagt: »Das Leben ist so kurz, wissen Sie!«

Rasch trete ich an den Sessel meiner Mutter.

»Lebe wohl, meine Tochter«, sagt sie. Ich fühle ihre schlaffe Hand in meiner festen.

Ich hasse es, ihre Tochter zu sein. Ich will mit diesem dahinwelkenden Haufen Fleisch nichts zu tun haben.

Ich wollte immer, dass sie anders ist.

So wie Kaspar anders sein soll.

Seine weiche Stimme reizt meinen Zorn. Manchmal könnte ich ihm ins Gesicht schlagen – ohne Grund.

Als ich nach Hause komme, liegt er zeitunglesend auf der Couch.

Ich hole tief Luft. »Kaspar«, sage ich.

Er legt die Zeitung beiseite. Irgendetwas in meiner Stimme lässt ihn aufhorchen. Doch schon stecke ich fest. Ich möchte weitersprechen, aber die Gedanken zerbröseln mir im Kopf.

Kaspar wartet einen Moment. Schließlich erlischt die Aufmerksamkeit in seinem Blick.

Er greift wieder nach seiner Zeitung, während ich in die Küche gehe, um das Abendessen vorzubereiten.

Weltuntergang

Alle sind vorbereitet auf das Jahrhundertereignis. Die Fernsehsender widmen ihm ganze Themenabende, die Zeitschriften prunken mit psychedelisch anmutenden Fotos, die Tagespresse warnt vor Augenschäden und nennt detaillierte Verhaltensregeln. Jeden Abend sind in den Kaufhäusern und beim Optiker die Schutzbrillen ausverkauft.

Am Vortag bilden sich endlose Schlangen vor den Geschäften, die noch Brillen vorrätig haben. Die zu kurz gekommenen Bürger prügeln sich. Die geschäftstüchtigen haben schon in der Woche zuvor hunderte von Brillen aufgekauft und verscherbeln sie nun zum dreifachen Preis. Verärgert zahlt man. Wer leer ausgeht, hofft hämisch, der Himmel möge den ganzen Tag wolkenverhangen sein, es möge in Strömen regnen und sämtliche Schutzbrillen seien umsonst gekauft.

Petra gehört zu denen, die zu spät für eine Schutzbrille kommen. Dennoch hofft sie, einen kleinen Eindruck mitnehmen zu können, auch wenn sie den Blick gesenkt halten und sich auf die Veränderungen in ihrer Umgebung konzentrieren würde. Vielleicht hat Jonas eine Brille, denkt sie und ruft ihn an.

»Hast du dich vorbereitet auf den Weltuntergang?«, scherzt sie.

»Du?«, fragt er zurück.

»Ich habe nicht mal eine Schutzbrille.«

»Da bist du genauso sorglos wie ich. Vorhin im Supermarkt hat eine Frau Unmengen von Ravioli-Dosen gekauft, um gegen den Weltuntergang gewappnet zu sein.«

»Wollen wir ihn gemeinsam erleben?«, schlägt Petra vor.

»Wo?«

»Im Café am Park.«

»Meinetwegen.«

Das ist nun nicht gerade eine freudige Reaktion. Petra überlegt, ob sie ein stärkeres Interesse erwartet hat. Sie horcht in sich hinein, aber sie spürt nichts. Keine Erwartung, keine Enttäuschung.

Der Tag der Sonnenfinsternis beginnt mit düsteren Wolken und Nieselregen.

Die vereinzelten Passanten auf den Straßen wirken ungerührt. Das sonst belebte Café ist wie ausgestorben.

Petra hat gehofft, im Freien sitzen zu können, aber das ungemütliche Wetter lässt sie nach innen flüchten. Sie sucht sich den schönsten Fensterplatz mit Blick auf den Park.

Sie friert ein wenig. Hoffentlich führt der Weltuntergang nicht zu einer Erkältung! Zumal die Temperatur, sobald die Sonne vom Mond bedeckt ist, um weitere fünf Grad abstürzen würde.

Jonas lässt auf sich warten. Wenn er den ernsthaften Wunsch hätte, mich zu sehen, denkt sie, wäre er pünktlich.

Er arbeitet freiberuflich wie sie, oft treffen sie sich nachmittags zu einem Kaffee und klagen gemeinsam über die immer schwieriger werdende Auftragslage, die knappen Termine, die geizigen Honorare. Er muss – nach einem kleinen Herzanfall – regelmäßig Betablocker schlucken, um seinen Blutdruck niedrig zu halten. »Seitdem bin ich die Ruhe selbst«, behauptet er.

Über ihre gescheiterten Ehen sprechen sie nie.

Durchs Fenster sieht sie ihn kommen. Er hebt die Hand zu einem gemessenen Gruß. Er ist klein und stämmig und geht ein wenig steif, wie jemand, der immer geduckt wurde und durch ständige krampfhafte Gegenwehr eine starre Körperhaltung entwickelt hat.

Als er das Café durchquert, zeigen seine vollen Lippen ein spöttisches Dauerlächeln.

»Hier drinnen sieht man nichts.«

»Wer weiß, ob man überhaupt was sieht bei dem Wetter.«

»Im Moment regnet es nicht.«

Sie ziehen zusammen los in den Park. Die Wolkendecke ist grau und dicht.

»Diese ganze Geschichte ist nichts weiter als eine künstlich erzeugte Massenhysterie!«, bemerkt Jonas, als er die Ansammlung von erregten Menschen sieht, die sich die Brillen vor die Augen halten und auf eine dünne weiße Stelle in den Wolken schauen.

Petra entdeckt eine Bank, die noch zwei freie Plätze hat. Von der Uhrzeit her muss der Mond bereits dabei sein, sich vor die Sonne zu schieben.

Da reißt der Himmel auf und gibt ein paar blaue Flecken frei.

»Darf ich mal gucken?«, wendet sich Petra aufgeregt an ihren Banknachbarn, einen schlaksig fröhlichen Kerl, der ihr lächelnd seine Brille reicht.

Sie ist enttäuscht. Das sieht nicht anders aus als eine Mondsichel in schwarzer Nacht.

Doch als sie nach einer Weile die Brille abnimmt, spürt sie, wie die Welt sich zu verändern beginnt, spürt sie die plötzlich seltsam erkalteten Farben.

Alles passiert genauso, wie man es überall in den Medien beschrieben und angekündigt hat, denkt sie ernüchtert. Das Leben ist vorgekaut, vorverdaut, vorempfunden. Nichts berührt uns mehr wirklich. Die Jahrhundert-Sensation läuft nach Plan. Die Empfindungen stellen sich ein wie genormt.

Ja, auch die Liebe, denkt sie, scheint nichts zu sein als eine schlechte Kopie von etwas, das immer wieder dargestellt, abgebildet, in Worte gefasst wurde. Gelangweilt registriert sie, dass dieses Leben ihre Erwartungen bestenfalls klischeehaft erfüllt mit seiner unaufregenden Banalität. Vielleicht will ich es so, denkt sie. Lieber einsame Ruhe als verstörende Leidenschaft.

Ein kühler Windhauch weht sie an wie ein kleiner Hauch des Todes.

Sie sieht, wie nun auch Jonas den Kopf zurücklehnt und in die

56

Sonne zwinkert. Sie greift nach seinem Arm. Sie hat ihn noch nie angefasst. Nicht einmal zur Begrüßung oder zum Abschied.

»Jonas, nimm die Brille. Dieser kleine Streifen Restsonne, diese winzigen zwei Prozent reichen aus, dir die Netzhaut zu verschmoren.«

»Wird schon nicht so gefährlich sein«, knurrt Jonas, senkt aber folgsam den Blick.

»Letztes Frühjahr hatte ich eine Netzhaut-Ablösung«, erklärt Petra ihrem fröhlichen Nachbarn und hebt die Brille, um erneut die dünne Sichel zu betrachten. »Erst am linken, dann am rechten Auge. Die ersten Symptome hatte ich nicht ernst genommen, und so war die Geschichte schon gefährlich weit fortgeschritten. Ich sah mich bereits mit dem Blindenstock herumtappen. Man hat mich an beiden Augen operieren müssen. Gottlob ist alles gut verlaufen.«

»Oh«, sagt ihr Nachbar heiter, »da muss ich Sie warnen.«

Ihre Hand mit der Brille fällt nach unten. »Wieso?«

»Diese Brille ist nicht sicher. Die Netzhaut kann geschädigt werden. Die Firma wurde angehalten, alle Brillen zurückzuziehen.«

Der Schock schießt ihr in die Eingeweide. »Warum haben Sie mir das nicht gleich gesagt?«

Er steht auf, nimmt ihr die Brille ab und hält sie sich vor die Augen. »Meine Frau hat mich inständig gebeten, auf keinen Fall hier durchzugucken.«

Wie konnte ich nur so leichtsinnig sein, schilt Petra sich, wie konnte ich einem wildfremden fröhlichen Banknachbarn vertrauen. Wie konnte ich meinem Mann vertrauen. Unbekümmert gucke ich direkt hinein in den Sonnenball. Sind da nicht bereits wieder die kleinen schwarzen Punkte, die sich zu Flecken ausdehnen? Die schließlich das Auge verdunkeln wie der Mond die Sonne?

Ich bin dir treu, sagte Hans, mein Mann. Sollte ich seinen Worten oder meinen Augen trauen?

Sie will diese panische Unruhe des Frühjahrs nicht noch einmal erleben, als sie, nach Hause entlassen, sich fragte, ob dieser spitze Schmerz der Wahrheit in beiden Schläfen, ob dieses Geflirre von Punkten im Blickfeld, ob diese Nebelschleier der Beginn einer neuen Katastrophe waren oder eine schlichte Folge der Operationen.

Sie atmet tief ein und aus, um ihre flatternden Hände zu beruhigen.

Noch immer steht der Mann breitbeinig vor der Sonne und hält sich die spiegelnden Plastikscheiben an die Augen. Er weiß nicht, was er tut, denkt Petra. Er glaubt sich unverletzlich. Ich wusste auch nicht, dass man so einfach blind werden kann.

Ich habe dem gleißenden Glück ins Gesicht geschaut, denkt sie, ungeschützt wie ein Kind.

Mit wie viel Restsehfähigkeit könnte ich notfalls leben, hat sie sich damals gefragt, als sie schon dabei war, von der bunten Welt Abschied zu nehmen. Hell und dunkel möchte ich unterscheiden können, wenigstens das, hat sie gefleht, ich möchte sehen, ob Tag oder Nacht ist. Ich will nicht, dass die Welt in Schwärze versinkt.

Aber ich hielt mir die Augen zu. Wollte nicht sehen, was ich sah.

»Bitte, sage mir ...«, wendet sie sich an Jonas, während sie vergeblich versucht, die Panik im Zaum zu halten, die sich in ihrem Körper auszubreiten beginnt, ihre Hände zum Schlottern bringt, ihre Stimme zum Stolpern, »habe ich lange in die Sonne geguckt?«

»Wird schon nichts passiert sein«, knurrt Jonas.

»Ich muss aufstehen«, sagt sie, »ich muss herumgehen. Begleitest du mich?«

Das Gehen beruhigt nicht. Petra versucht sich auf das Jahrhundertereignis zu konzentrieren, auf die Luft, die Farben, die Menschen. Aber die Angst lähmt ihr die Sinne. Noch immer stehen die Leute beieinander, die Köpfe im Nacken, die Brillen vor den Augen.

Petra läuft in langen Schritten an den kühlen, wie ergrauten

Blumenrabatten entlang, die immer schwärzer würden, bis die Welt in ewiger Dunkelheit versinkt. Jonas hat Mühe, ihr zu folgen. Sie spürt ihre Füße nicht mehr. Gleich falle ich um, denkt sie. Dabei ist sie sportlich, geht regelmäßig schwimmen und zum Fitnesstraining.

»Ich muss mich wieder setzen«, sagt sie.

Kaum sitzen sie, bricht die Panik mit gewitterartigem Schluchzen aus ihr heraus, durchwirbelt ihren Körper, lässt die Schultern fliegen.

Jonas sitzt steif neben ihr, ein bis zum Platzen mit Energie gefüllter Rumpf, der in kurzen heftigen Stößen zu lachen beginnt. »Was lachst du?«, beschwert sie sich schluchzend.

Er überstürzt sich vor Lachen, versucht vergeblich, sich zu bremsen. Da nutzen auch seine Betablocker nicht mehr.

Sie schluchzt: »Es ist nicht schön, wenn du lachst.«

Er blickt starr geradeaus, während sein Körper noch immer von hustenden Lachsalven geschüttelt wird. Sein Lachen vibriert über die gemeinsame Sitzfläche bis zu ihr hin.

»Leg den Arm um mich«, sagt sie schluchzend. Sein Lachen reißt ab. Mit hektischem Gehorsam wirft er ihr den Arm auf die Schulter und lässt ihn dort liegen, ohne sich zu rühren.

Als ihr Weinen endlich versiegt, zieht er hastig seinen Arm wieder an sich.

»Lass uns einen Kaffee trinken«, sagt sie, spürt durch Nebelschlieren, wie die Farben wieder an Kraft und Wärme gewinnen, spürt die Sonne, wie sie aufblüht, um den Dingen neues Leben einzuhauchen.

»Ein Kaffee ist nicht gerade das Richtige für deine Aufregung«, sagt Jonas, »du solltet etwas Beruhigendes trinken. Vielleicht einen Kräutertee.«

»Ich will mich nicht beruhigen«, sagt sie heftig.

In der Schwebe

Jedes Mal, wenn Christof seiner Wege geht und Cornelia eifersüchtig zurückbleibt, verabredet sie sich mit Bert und kokettiert auf Teufel komm raus. Oft ruft sie ihn spät abends noch an, um sich den Zorn von der Seele zu flirten.

Irgendwann, als sie, wie immer beim Abschied, verhalten ihre Körper aneinander drücken, kippt bei ihm die Balance, sie spürt, wie er Feuer fängt. Erschrocken zieht sie sich zurück. Es braucht eine Weile, bis sie den leichten Ton von vorher wieder finden.

Man muss dazu sagen, dass Bert bereits zwei Freundinnen besitzt, mit denen er nicht glücklich ist. Birgit, seine langjährige Gefährtin, liest ihm seine Wünsche von den Augen ab, ihre locker sitzenden Tränen aktivieren aber auch seine Schuldgefühle. Mit der kapriziösen Daniela verbindet ihn eine heftige Leidenschaft, aber er fürchtet, sie könnte neben ihm noch anderen Männern gefallen.

Cornelia ist anfangs naiv davon ausgegangen, sie habe eine monogame Beziehung mit Christof. Als sie feststellte, dass er sich zusätzlich Reinhild, Carmen und Judith zugelegt hat, wollte sie sich schockiert von ihm trennen. Aber sie hing zu sehr an ihm, und so fügte sie sich resigniert leidend in ihr Schicksal und versuchte, sich mit harmlosen Flirts das Leben zu erleichtern.

Erst jetzt ist sie so weit, sich zu sagen, es sei ein Fehler, auf weiter Flur das einzige seltsame Fossil zu sein, das nur einen Mann besitzt und von diesem auch noch sein Lebensglück abhängig macht. Alle andern halten sich wunderbar mit ihren Nebenmännern und Nebenfrauen in der Schwebe. Doch Cornelia hat eine fatale Neigung, sich zu verlieben. Das heißt, wenn sie sich einen zweiten Mann suchte, würde sie ihn sofort zum Zentrum ihrer Sehnsüchte machen und sich von Christof trennen. Sie ist einfach nicht imstande, das Gleichgewicht zwischen zwei Männern zu halten. Die Wiederholung ihres Dilemmas, sich auf einen einzigen Liebsten zu fixieren und an ihm zu leiden, ist vorprogrammiert.

Ich muss mit Bert reden, denkt sie. Er kennt sich mit diesem Problem aus. Er kann mir sagen, wie ich lernen kann, zwei Männer zu lieben.

»Du siehst nicht glücklich aus«, sagt sie, als sie sich treffen. Er wirft ihr einen finsteren Blick zu.

»Es geht mir schlecht«, sagt er, »Daniela hat mich verlassen.«

»Oh Gott. Warum?«

»Sie hat entdeckt, dass sie nicht die Einzige ist.«

Er legt sich beide Hände flach auf die Brust und atmet tief ein.

»Hier sitzt ein höllischer Schmerz. Ich weiß nicht, wie ich den aushalten soll.«

»Aber du hast doch noch Birgit«, sagt Cornelia, »und die hängt an dir.«

»Wer weiß«, seufzt er, »seit Daniela weg ist, bin ich unleidlich. Eines Tages wird auch sie mich verlassen.«

»Und warum bist du unleidlich?«

»Weil ich Birgit nicht liebe.«

»Und warum bist du schon so lange mit ihr zusammen?«

Er sieht sie mit leichter Verzweiflung an: »Sie war mein Anker, nachdem sich Miriam, meine letzte Exfreundin, auf Alex eingelassen hat. Birgit liebt mich, und das tat mir gut. Später brauchte ich sie als Gleichgewicht zu Daniela, die ich nicht verlieren wollte, so wie ich Miriam verloren hatte. Birgit will mich. Sie gibt mir Ruhe und Stabilität. Die Aufregung verkörpert Daniela. Verstehst du?«

»Nein.«

Nun beginnt er mit ihr zu reden wie mit einem unverständigen Kind: »Hör zu, ich hatte Angst, ich werde abhängig von Daniela und sie trennt sich, weil ich ihr lästig werde. Darum brauchte ich Birgit, die von mir abhängig ist.«

»Und ist Birgit dir lästig?«

»Das kann man so nicht sagen. Ich bin froh, dass ich sie habe, ich weiß nicht, wie es mir ginge ohne sie. Ich hätte mich vielleicht längst vom Hochhaus gestürzt, nur um diese Qual in meiner Brust loszuwerden.«

»Meinst du?«

»Aber ich nehme ihr natürlich übel«, fährt er düster fort, »dass mich Daniela ihretwegen verlassen hat. Durch Birgit war ich stärker als Daniela, weißt du. Und als Daniela das begriff, hat sie sich von mir getrennt. Sie wollte nicht die Abhängige sein.«

»Warum hat sie sich nicht auch einen Zweitmann genommen?«

»Vielleicht, weil sie mich liebte«, mutmaßt Bert.

»Ich habe dich immer beneidet«, seufzt Cornelia, »wie du das machst mit deinen beiden Frauen. Ich habe große Angst, dass Christof mich verlässt. Ich bin wie deine Birgit. Ich würde am liebsten Tag und Nacht mit ihm Händchen halten, aus Angst, dass er für immer fort ist, wenn ich ihn eine Sekunde loslasse. Er fühlt sich eingeengt, sagt er. Das verstehe ich. Aber ich kann nicht anders.«

»Keine Sorge«, sagt Bert, »er braucht dich genauso, wie er Reinhild, Carmen und Judith braucht. Er wird dich nicht verlassen.«

»Wie geht das«, fragt sie, »die Sehnsüchte auf mehrere Frauen verteilen.«

»Für mich war es immer anstrengend«, sagt er.

»Das habe ich mir gedacht«, sagt Cornelia, »zwei Frauen stellen Forderungen an dich, zwei Frauen machen dir Schuldgefühle, zwei Frauen können dich verlassen.«

Er lächelt schmerzlich. »Trotzdem ist es beängstigender, nur eine einzige Frau zu haben – egal ob du sie liebst oder nicht.«

»Dann brauchst du also wieder eine Zweitfrau«, sagt sie, »eine, die du liebst.«

»Sei nicht so zynisch«, sagt er.

»Ich bin realistisch.«

»Was soll ich tun«, sagt er , »ich habe Daniela verloren, weil ich Birgit hatte. Aber wenn ich keine Birgit gehabt hätte, hätte ich Daniela gerade deshalb verloren. Ohne Birgit wäre ich genau wie du gewesen. Ich hätte dauernd mit Daniela Händchen halten wollen, nur damit sie mir nicht verloren geht. Das erträgt keine Frau. Mich panisch an eine geliebte Frau zu klammern, ist der beste Weg, sie zu verlieren.«

»Außer sie hat noch einen anderen«, sagt Cornelia, »dann braucht sie dich als Sicherheit und den anderen für die Aufregung.«

Er fasst sich an den Kopf: »Schreckliche Vorstellung. Ich würde sterben.«

»Ich halte es schon lange aus«, seufzt Cornelia. »Und dabei bekomme ich von Christof weder Leidenschaft noch Sicherheit. Und eins von beiden braucht man doch wenigstens, meinst du nicht?«

Er nimmt ihre Hand: »Soll ich dir ein Geständnis machen? Ich fürchte, ich bin im tiefsten Herzen monogam. Ich trau mich nur nicht, das zu leben. Ich möchte eine einzige Frau leidenschaftlich lieben, aber zugleich sicher sein, nicht verlassen zu werden.«

»Ich finde das nicht zu viel verlangt«, sagt Cornelia.

Sie schaut auf seine vollen Lippen, die sich kaum bewegen, wenn er spricht, auf sein glattes Gesicht, das wenig Regung preisgibt, und schließlich in seine Augen, dunkel wie Abgründe, und sie spürt die Angst, die sich wie eine Eisenklammer um ihr sehnsüchtiges Herz schließt.

So klappt das mit der Liebe

Das Fatale ist: Nadia hat den Sex mit Robert persönlich genommen. Sie wird es nie begreifen. Sie glaubt, es habe etwas mit ihr zu tun, dass er so süß zärtlich war, so offen, so liebevoll. Wie alt ist sie jetzt? Siebenunddreißig. Und fühlt sich noch immer gemeint, wenn ein geiler Mann zärtlich wird. Ist sofort kuhäugig verliebt wie mit dreizehn. Nicht zu fassen.

»Aber es war doch so schön mit uns.« Sie will nicht verstehen, dass es schön war – und nun vorbei ist. Sie will die Zärtlichkeit der Nacht fortsetzen – Gott, wie peinlich. Hat sie denn gar keinen Stolz?

Rennt Robert hinterher wie eine Pubertierende, die meint, Sex habe etwas mit Liebe zu tun. Meint, diesmal sei es etwas Besonderes gewesen, mit Bedeutung und Tiefe, eine echte Begegnung. Nadia, meine Gute, Sex ist Sex – nicht mehr und nicht weniger. Da geheimnist sie Liebesgefühle in eine zärtliche Geste ohne Bedeutung. Da glaubt sie, dass er auch – nur weil sie ... Will nicht einsehen – mein Gott, sie ist siebenunddreißig – will nicht einsehen, dass er nicht fühlt, was sie fühlt. Oder dass er vielleicht doch fühlt, aber gerade deshalb nicht weiter fühlen will. Kapierst du das nicht? Nadia, du bist doch kein kleines Mädchen mehr. Da jagt sie dem Kerl nach, wie zum ersten Mal verliebt. Bekommt nie eine Antwort. Lässt sich nicht abschrecken in ihrer erweckten Bedürftigkeit, ihrem aufschießenden Liebeswillen. Ruft an, schreibt Briefe, faxt, mailed, spricht ihm aufs Band – rückt ihm auf den Leib, bis er rabiat wird. Bis er deutlich werden muss. Sie schämt sich nicht. Und das in ihrem Alter! Sie lernt nicht. Hält töricht an Mädchenfantasien von glühender Liebe fest, weltfremd, wie sie ist. Möchte die Dinge fortführen, die nur punktuell möglich sind, ohne Vorher und Nachher. Möchte die Dinge real werden lassen, die nur als Illusion funktionieren. Will nicht glauben, dass Liebe nichts zu tun hat mit Sex. Fühlt sich geliebt, wenn sie einem geilen Kerl begegnet, der Spaß hat am Ficken. Will am Morgen danach Händchen halten und in die Augen schauen und schmachtende Briefe schreiben. Unverdrossen jagt sie ihren Träumen hinterher, immun gegen ihre eigene Lächerlichkeit.

Brach in Tränen aus, als sie den ersten Pornofilm anschaute. Dass so etwas Schönes so kalt gehandhabt wird, will ihr nicht in den Sinn, der Armen.

Noch immer ist sie allein. Noch immer auf der Suche.

Ich hingegen, mit meinem gesunden Realismus, ich halte mir Ehemann und Geliebten. Nur so klappt das mit der Liebe.

Mein Mann arbeitet viel, verdient gut, stellt kaum Ansprüche, gibt mir Halt und Ruhe.

Das Abenteuer bedient mein Geliebter. Ich brauche ihn nur fürs Bett. Sonst für gar nichts. Ich warte nie. Werde nie zum verlassenen Kind, wenn er sich nicht meldet.

Mich kitzeln die heimlichen Treffs hinter dem Rücken meines Mannes. Ich genieße es, ihn zu verraten. So wie er mich verriet, als ich jung und töricht verliebt in ihn war. Wie Nadia in Robert.

Such dir einen Ehemann, Nadia. Robert taugt nur als Geliebter.

Erdbeermund

Wenn ich endlich erwachsen bin, dachte Sabine, kann ich abends länger aufbleiben, und alle Jungen wollen mich küssen.

»Iiiiii! Du kriegst ja eine Frauenbrust!«, kicherte ihr kleiner Bruder, als sie zusammen in der Badewanne saßen.

Die Mutter schüttelte das große Badehandtuch: »Komm, Sabine!«, und rubbelte sie energisch von oben bis unten ab.

Sabine wollte nicht mehr mit ihrem kleinen Bruder baden. Sie wollte sich auch nicht mehr von der Mutter abrubbeln lassen. Sie verschloss die Badezimmertür, wenn sie sich wusch.

Ihre Brust schwoll immer mehr und tat weh. Bei ihrer Freundin Ingrid war noch nichts zu sehen.

»Pass nur auf, dass du keinen Hottentottenbusen kriegst!«, sagte der Vater. Auf der Straße guckten ihr alle Männer auf die Brust, sogar die uralten.

»Ich bin Hobbyfotograf«, erzählte einer und ging einfach neben ihr her. »Stehst du mir Modell? Keine Angst, ich kann dir kein Kind machen. Seit dem Krieg bin ich unfruchtbar. Ein Granatsplitter.« Er lachte. »Aber sonst ist alles in Ordnung!«

Er schimpfte, als sie sagte, sie interessiere sich nicht für Modellstehen.

Sie hatte noch immer nicht ihre Regel.

»Du bist ein braves Mädchen«, lobte der Frauenarzt, der sie untersuchen sollte, ob alles in Ordnung sei, »heutzutage ist das selten!« Beim Sportarzt musste sie ihr Hemd ausziehen, er quetschte ihre Brust, sie wusste nicht, ob das dazugehörte, wagte nicht, sich zu sträuben, vielleicht lachte er sie dann aus.

»Sieh zu, dass du rechtzeitig einen Mann findest«, sorgte sich

die Mutter, »ein dicker Busen wird schnell schlaff und reiz-
los!«

»Spitzbergen!«, riefen die Jungen aus ihrer Klasse und schau-
ten ihr auf die Brust. Da zog sie weite Pullover und Jacken an,
im Winter war das kein Problem, im Sommer schwitzte sie unerträglich. Als sie in der Schule einen französischen Text
übersetzen sollte, in dem ›Brüste‹ vorkamen, weigerte sie sich,
das Wort auszusprechen, und alle lachten.

Endlich fand Sabine ein Pfützchen Blut in der Kloschüssel.
Die Mutter gab ihr eine Windel, die sollte sie sich in die Hose
stecken, um die Wäsche nicht zu beschmutzen, doch die Windeln drückten, und manchmal lief das Blut vorbei, das sahen
vielleicht alle.

»Ich will keine Frau sein!« Sie bohrte ihre Fußspitze in den
Teppichboden. Die Mutter sah kurz von ihrer Bügelwäsche
auf: »Das ist Gewohnheit!«

Die anderen Mädchen aus ihrer Klasse hatten sich verändert,
seit sie Frauen waren. Dauernd litten sie an Migräne, fehlten
beim Turnen, standen nur noch mit den Jungen herum und
mochten nicht mehr mit Sabine spielen. Das Kletter-Baum-
Spiel, Sabine kam ganz hoch, auch wenn der Stamm glatt und
ohne Äste war, und das König-und-Sklavin-Spiel, alle Mädchen wollten Sklavin sein, das prickelte am schönsten, aber
nun sprayten sie sich ein mit Deo und Parfum und redeten nur
noch über Mode und wer sie geküsst hatte.

Auf dem Schulfest blieb Sabine allein am Tisch und schwitzte
in ihrem Anorak, und kein Junge wollte mit ihr tanzen und
keiner wollte sie nach Hause bringen. Sie war die Einzige, die
allein gehen musste. Angst hatte sie nicht allein, aber irgendetwas schien falsch an ihr zu sein, dass kein Junge mit ihr
gehen wollte.

»Deine Wimpern sind zu blass!«, sagte Claudia. »Dein Mund
ist ganz gut, aber deine Augen müsstest du betonen!«

»Diese weiten Pullis machen dich unförmig«, sagte Regina.
»Zieh mal eine Bluse an, die muss aber locker sitzen, damit
dein Busen nicht betont wird.«

Sabine wusste nicht, mit wem sie spielen sollte. Ihr kleiner Bruder wollte sie zum Partisanenkampf im Dschungel überreden, aber sie verkroch sich in ihr Zimmer und las. Der Mutter gegenüber tat sie, als lerne sie für die Schule, so wurde sie selten mit Hausarbeit belästigt. In der Schule drückte sie sich in die hinterste Bank und hoffte, man werde sie ganz einfach vergessen. Das Lernen war ihr früher immer leicht gefallen. Jetzt aber träumte sie und schrieb schlechte Arbeiten. Sie kaufte sich einen Büstenhalter, damit ihre Brust nicht mehr so wackelte. Gezähmt durch ein Mieder mit Formbügeln standen die Brüste nun steif nach vorne und waren nach wie vor nicht zu übersehen.

Sabine hörte von einem Mädchen, das sich jahrelang heimlich die Brust mit starken Bändern umwickelt hatte, um das Wachsen zu verhindern. Sie schnitt eine alte Leinentischdecke in Streifen und nähte sie zu einem langen Band zusammen, das sie sich nun um den Oberkörper wand. Aber es tat weh und war wohl auch zu spät.

Dann hatte Ingrid Geburtstag. »Detlef kommt auch!«, sagte sie. Detlef war ein Junge aus der Oberstufe. Er hatte lange Locken und konnte Gitarre spielen. Seit Jahren benutzten Sabine und er denselben Schulweg, er wohnte ein paar Straßen weiter. Auf ihrem schnellen Sportfahrrad hatte Sabine ihn oft überholt, er besaß keine Gangschaltung. Eines Tages zischte er mit seinem neuen Moped an ihr vorbei, vergeblich trat sie in die Pedale. So waren sie nie dazu gekommen, ins Eiscafé *Alpina* zu gehen wie alle anderen Jungen und Mädchen.

Für das Fest nähte ihr die Mutter einen Rüschenrock mit grünen Tupfen, dazu eine Bluse in demselben Grün. Von Claudia ließ sie sich grünen Lidschatten malen und die Lippen erdbeerrot und versuchte aufzupassen, dass die Farbe nicht verschmierte.

Als sie die Kellertreppe hinunterstieg und den Partyraum betrat, drehten sich alle Köpfe. Ihre Beine, die nur Hosen gewohnt waren, fühlten sich sehr nackt an. Sie stockte und wich zurück. Da fasste Ingrid ihren Arm und sagte: »Du siehst aber gut aus!«, und zog sie auf die Tanzfläche. Sabine tanzte von einem Fuß auf den anderen wie alle, ihre Füße in Claudias engen Schuhen taten weh. Sie schwitzte. Da sah sie Detlef. Er lachte ihr zu. Vielleicht ist er ja schon betrunken, dachte sie, lächelte zurück und kam aus dem Takt. Unauffällig arbeitete sie sich in seine Nähe, schaute überall hin, nur nicht zu ihm, dann stand er vor ihr. Lachend ergriff er ihre Hand und versuchte sie, obwohl es eng war, herumzuschwenken, sie stieß überall an. Dann ging das Licht aus. Sie spürte einen Hauch von Kuss auf ihren Lippen. Hoffentlich färben sie nicht ab, dachte sie aufgeregt, und plötzlich waren seine Hände an ihrer Brust. Sie schubste ihn fort. Das Licht ging an, er schaute an ihr vorbei, rot im Gesicht, das Licht ging aus. Sabine drängte sich durch die Tanzenden, rannte die Treppe hinauf, lief durch die warme Nacht.

»Da bist du ja«, sagte die Mutter. »War's nicht schön?«

»Doch.« Sabine stürzte in ihr Zimmer und warf sich aufs Bett.

Als ihre Eltern schliefen, schlich sie in die Küche und öffnete den Kühlschrank. Sie riss den Joghurtbecher auf, schleckte ihn leer, ließ Quarkspeise in ihren Mund fließen, zermalmte Schokolade, knackte Räucherwürstchen, zerrte den Gauda-Käse mit ihren Zähnen aus der Plastikverpackung, biss tief hinein, kaute und schlang, ihr Magen drückte, sie machte sich über den Karamelpudding her, schlürfte und schluckte – dann wurde ihr schlecht. Sie lief ins Klo und erbrach sich.

Danach fühlte sie sich ruhig und leicht. Sie schlief gut. Die Mutter beschwerte sich am nächsten Tag, jemand habe ihre Vorräte aufgegessen, und sie schaute Sabine an.

»Ich nicht«, sagte Sabine. Von nun an begann sie zu hungern. Alle Mädchen wollten dünner werden. Sie hatten zu dicke Oberschenkel oder einen Bauch oder zu breite Hüften oder zu runde Backen. Alle schworen auf Quarkdiät, lachten über ihre fürsorglichen Mütter, die heimlich Sahne in den Quark mischten und glaubten, ihre Töchter täuschen zu können. Manche Mädchen aßen brav zu Hause mit und steckten sich nach jeder Mahlzeit den Finger in den Mund. Das ging so schnell und so sauber, dass kein Mensch etwas merkte. Täglich verglichen die Mädchen ihre Gewichte und die verlorenen Pfunde.

Sabine hungerte. Die Mutter redete besorgt auf sie ein, versuchte sie mit besonderen Leckereien zu verführen, der Vater schimpfte, der Bruder lachte. Sabine wollte dünn und schön werden. Sie war stolz, als ihre Brust immer mehr schrumpfte und ihre Kleidung immer mehr schlotterte. »Das sieht nicht mehr gut aus!«, sagte die Mutter.

Sabine betrachtete wohlgefällig im Spiegel ihr knochiges Körperchen. Sie freute sich, dass ihre Blutung ausblieb und nicht mehr wiederkehrte.

Ihre Leistungen in der Schule ließen immer mehr nach, aber das machte ihr nichts. Sie ging stundenlang in der Stadt spazieren, besuchte Boutiquen und probierte Kleider an. Ingrid wollte wissen, warum sie noch keinen Freund hatte. Ob sie vielleicht lesbisch sei?

Als es so aussah, dass sie das Abitur nicht schaffen würde, beschlossen die Eltern, Sabine auf die Fachschule für Hauswirtschaft in Frankfurt zu schicken. Die Mutter hatte Bedenken gegen Frankfurt, in der Zeitung lese man immer wieder von Morden und Überfällen. »Vor allem hüte dich vor den Ausländern«, warnte sie die Tochter, »die tragen Messer bei sich!« Frankfurt war zu weit weg, um täglich hin- und herzufahren, so musste sich Sabine ein billiges Zimmer nehmen. Alle zwei Tage rief sie bei den Eltern an, dass alles in Ordnung sei.

In Frankfurt gab es viele Ausländer. Die hübschesten kamen aus den arabischen Ländern, sagte Beate, die eine Klasse weiter war als sie. Einmal, als sie beide in der Pizzeria *Bonanza* saßen, kam eine Gruppe Marokkaner an ihren Tisch: »Hallo, Beate!« Sabine zog ihr Portemonnaie, um zu bezahlen. »Bleib doch«, sagte Beate.

Die Männer nahmen Platz, und Beate stellte vor. Sabine hatte Mühe, sich die fremden Namen zu merken. Alle Männer trugen schwarze Schurrbärte, nur einer war glatt rasiert, der hieß Nuri und hatte ein Raubvogelprofil, und Sabine dachte, das muss ein Zuhälter sein. In der Zeitung hatte sie mal gelesen, dass viele Araber ein Vermögen mit deutschen Frauen verdienten. Manche würden sogar verschleppt und verschwanden dann in orientalischen Harems.

Beate lachte Nuri an und lehnte sich über den Tisch, dass sein Blick in die dunkle Spalte zwischen ihren Brüsten fallen musste. Sabine nahm einen Bierdeckel und franselte Pappstückchen vom Rand.

Als sie aufsah, traf sie ein glühender Blick und hielt sie fest. Das Blut schoss ihr in den Kopf. Da gab Nuri sie frei.

»Gehen wir zu mir!«, sagte Nuri. Niemand widersprach. Tachfin umfasste Sabines Schulter und bezahlte ihren Cappuccino. Sie ging zwischen Tachfin und Nuri. Beate lief ein Stück hinter ihnen und redete sehr laut mit den drei anderen.

Nuri wohnte nicht weit. Sein Zimmer war kahl. Ein paar Familienfotos steckten mit Nadeln an der Tapete. Sie setzten sich alle auf Matratzen am Boden. Sabine ließ sich auf der Kante nieder, direkt neben der Tür. Tachfin griff über sie hinweg, um den Aschenbecher abzustellen, sein Ellbogen drückte sich in ihren Schenkel. Nuri legte eine Schallplatte auf.

»Ach immer dieses arabische Zeug«, maulte Beate, »du hast doch Platten von den Stones!«

»Mit gefällt's!«, sagte Sabine.

Beate warf ihr einen unfreundlichen Blick zu.

Nuri kochte Tee. Durch die offene Küchentür sah Sabine, wie Beate ihre Brust an seinen Oberarm drückte, er machte weiter mit dem Tee. Tachfin folgte Sabines Blick: »Deine Freundin ist eine schöne Frau!«, und schob sich dicht an Sabine heran, dass sie fast von der Matratze fiel.

Da kam Nuri mit dem Tee, und Tachfin rückte wieder an seinen Platz. »Wir spielen das Wahrheitsspiel!«, sagte Nuri.

Inan begann und stellte Jakub eine Frage, der musste wahrheitsgemäß antworten und einem anderen eine Frage stellen. Es fing harmlos an. »Wo leben deine Eltern?« – »Wann bist du geboren?« – »Was ist deine Lieblingsmusik?« Dann wurden die Fragen heikel. »Wie viele Liebhaber hattest du?« Beate zählte lachend nach: »Vierzehn!« Sie wandte sich an Nuri: »Hast du jemals eine Frau wirklich geliebt?« – »Ja.« Er schaute Sabine an: »Bist du noch Jungfrau?«

Die Platte war zu Ende und drehte sich leiernd. Ein Wecker tickte. Draußen auf der Straße knatterte ein Motorrad vorbei. Sabine schaute Nuri an und schüttelte langsam den Kopf.

Hafid stand auf und drehte die Platte um. »Ich will die Stones!«, rief Beate. »Warte!«, sagte Hafid. »Meine Zigaretten sind alle!«, rief Tachfin. »Hat jemand eine Zigarette für mich?« »Wie spät ist es?«, fragte Inan. »Ich bin müde«, sagte Beate. »Ich muss morgen früh raus!«, rief Jakub. Plötzlich wollten alle aufbrechen. Verwirrt sprang Sabine hoch. Aber ehe sie ihre Tasche gefunden hatte, war sie mit Nuri allein. Sie verhedderte sich in ihrem Jackenärmel, Nuri half nicht.

Er trat dicht vor sie und blies ihr einen Kuss über die Wange. Sie fand ihre Tasche hinter den Matratzen und rannte die Treppe hinunter. Atemlos erreichte sie Beate, die zwischen Nuris Freunden ging.

»Warum bist du nicht bei Nuri geblieben?«, fragte Beate scharf. Tachfin umfasste Sabine: »Ich habe gute Musik zu Hause!« Sie drehte sich aus seinem Arm.

»Ich nehme nur noch Ausländer«, sagte Beate am nächsten Tag in der Pizzeria *Bonanza*, »die sind sinnlicher als die Deutschen. Außerdem mögen sie mollige Frauen!«

Sie selbst war breithüftig, hatte einen schweren Busen und ein volles Gesicht. Sie maß Sabine von oben bis unten: »Du hast nicht viel Chancen bei den Arabern mit deinem Knopfbusen und dem Kinderpopo!«

Als Sabine Nuri beim Gemüsehändler traf, fiel ihr gleich der Knopfbusen ein, und sie hielt die Revers ihrer Jacke zusammen.

»Willst du zum Essen kommen?«, fragte er. »Ich mache Couscous!«

Sie kaufte Feigen für den Nachtisch.

»Du isst wie ein Vögelchen!«, sagte Nuri.

Sie hörten arabische Musik. Dann war die letzte Straßenbahn weg. Sabine griff nach ihrer Jacke: »Ich nehme ein Taxi!«

»Das ist teuer«, sagte Nuri. »Du kannst ruhig hier schlafen!« Er schob die Matratzen zu einer großen Fläche zusammen, legte ein Laken darüber und breitete zwei Wolldecken aus.

Sabine stand unschlüssig.

Er sah sie nicht an und begann sich auszuziehen, ganz ruhig, das helle Hemd, die Socken, die dunkle Hose, schließlich die Unterhose. Er war braun und schlank und vom Nabel abwärts schwarz behaart.

Er schlüpfte unter die Decke: »Willst du dich nicht ausziehen?«

Sie löschte das Licht, behielt Hemd und Höschen an und legte sich weit weg von ihm, ans andere Ende der Matratze.

Sie hörte ihn atmen. Seine Hand berührte ihre Schulter, sie fuhr zusammen. »Gute Nacht!«, sagte er freundlich und zog die Hand zurück. Da war sie enttäuscht.

Als sie am Morgen erwachte, war er fort. In der Küche fand sie einen Zettel, er müsse zur Arbeit, in der Speisekammer sei Brot, Honig und Tee.

Sie nahm ein Messer und schnitt eine dicke Scheibe Brot ab, tunkte den Löffel tief in den Honig und ließ den braunen Saft auf die Brotscheibe rieseln, biss ab, ehe er am Rande heruntertroff, nahm noch einen Löffel voll, fing den tropfenden Honig mit der Zunge, leckte, biss, kaute, leckte immer wieder, bis plötzlich das Glas halb leer war.

Sie erschrak. Sie nahm eine Tasche, ließ die Tür einen Spalt offen, kaufte ein neues Glas Honig und füllte das alte auf. Den ganzen Tag aß sie nichts mehr.

Am Abend lief sie ein paarmal um den Häuserblock, ehe sie endlich bei Nuri klingelte. »Ich habe meinen Schal bei dir vergessen.«

Er lächelte: »Komm rein!« Dann: »Du riechst gut!«

Sie hatte sich Beates Parfum hinter die Ohren getupft.

Er strich ihr fest über den Nacken. »Zieh deine Jacke aus!«
Sabine stand da, mit hängenden Armen.

Sie trug eine Bluse von Beate, die war fast durchsichtig.

»Eine hübsche Bluse!«, sagte er, als er ihr die Jacke aufge-
knöpft hatte. Sie standen voreinander, ganz dicht.

Er schob seine Hände unter ihre Jacke, durch den dünnen
Blusenstoff spürte sie jeden einzelnen Finger.

Als er ihre Brust berührte, stieß sie ihn fort.

»Dummes Mädchen!«, fuhr er sie an. »Du solltest lieber gehen!«, und hielt ihr die Jacke hin. Sie zog sie an. Er hielt ihr
den Schal hin. Sie legte ihn um. Er hielt ihr die Tasche hin. Sie
nahm die Tasche. »Wo ist mein Schirm?«, sagte sie, er hielt ihr
den Schirm hin.

Er nahm seinen Mantel vom Haken: »Ich bringe dich zur
Straßenbahn!«

Er ging zur Tür, ohne sich nach ihr umzusehen, Sabine
zögerte, folgte schließlich, stumm liefen sie die Treppe hinunter. Sie warf einen Blick in sein schönes, verschlossenes
Gesicht. Er will mich loswerden! dachte sie. Ich bin ihm zu
langweilig! Ihre Zehen schmerzten in den engen Schuhen, die
sie sich am Nachmittag gekauft hatte.

Sie erreichten die Haltestelle, warteten schweigend, bis die
Straßenbahn kam. Sie drückte den Türknopf, die Tür öffnete
sich, er hielt sie nicht zurück, gab ihr nicht einmal einen Kuss
auf die Wange, sie stieg ein, er stand in seinem grauen
Regenmantel, die Hände tief in den Taschen – worauf wartete
er noch –, die Bahn fuhr los, er stand und schaute ihr nach mit
unbewegtem Gesicht.

Zu Hause schnitt sie mit zitternden Fingern mehrere Scheiben
Brot ab, bestrich die eine dick mit Leberwurst, die andere mit
Marmelade, die dritte mit Kräuterkäse, schlang alle drei her-
unter, lief ins Klo und übergab sich. Erschöpft fiel sie ins Bett.
Sie konnte nicht schlafen.

»Hast du was?«, fragte Beate, als sie am nächsten Tag zusammen in der Pizzeria *Bonanza* saßen.

»Nein«, sagte Sabine. »Doch, Kopfschmerzen.«

Tachfin kam an ihren Tisch und gab einen Cappuccino aus.

»Nuri ist krank.«

»Was hat er denn?«

»Weiß nicht.«

»Ich gehe ihn besuchen!«, rief Beate und trank mit großen Schlucken ihre Tasse leer.

Schon war sie fort.

Sabine rührte in ihrem Cappuccino und schaute zu, wie die Sahne langsam zerfloss.

»Willst du in Deutschland bleiben?«, fragte sie.

Tachfin sog an seiner Zigarette. »Hier habe ich Arbeit!«

Sie leckte sorgfältig ihren Löffel ab und legte ihn in die Untertasse. »Und Nuri?«

»Der bleibt auch hier.« Er kippte mit einem Zug seinen Espresso herunter. »Schon wegen seiner Frau!«

Sabine wedelte den Zigarettenqualm fort, der in ihren Augen biss: »Lass uns doch rausgehen, es ist schrecklich rauchig hier!«

Tachfin bezahlte. Sie schlenderten durch die Straßen. Er legte seinen Arm um sie.

»Ist Nuris Frau eine Deutsche?«

»Ja.«

»Sie leben getrennt?«

»Ich habe Kuchen zu Hause«, sagte er.

Sie ging mit zu ihm. Ein grünes abgeschabtes Sofa, ein Tisch, zwei Stühle, Plattenspieler. Er legte Elvis auf.

»Ich mache einen Kaffee!«, sagte er. »Oder willst du lieber Tee?« Er stellte ihr klebrigen marokkanischen Kuchen hin.

»Warum haben sie sich getrennt?«

»Iss«, sagte er. »Du musst essen, damit du schöner wirst.«

»Warum haben sie sich getrennt?«

»Sie ist ihm weggelaufen.«

Der Kaffee war bitter und stark. Tachfin hatte keine Milch da, nur Zucker. Sie trank mit Widerwillen. Er setzte sich zu ihr auf das grüne Sofa und tastete ihre Schenkel hinauf. Irgendwann muss es ja ein, dachte sie. Er wurde ungeduldig, als sie alles falsch machte.

»Du bist ja noch Jungfrau!«, schnaubte er. »Das hättest du mir ruhig vorher sagen können!«

Schließlich klappte es. Das Sofa war voller Blut. Sie rannte in die Küche, holte eine Schüssel Wasser und einen Lappen und versuchte, das Blut wegzuwaschen.

»Lass nur«, sagte er, »ich lege ein Kissen darüber.«

Ihr Kaffee war kalt geworden. »Ich muss weg«, sagte sie.

Er drückte ihr aufmunternd den Oberarm.

Sie rannte die Straße hinunter. In der Bäckerei kaufte sie ein Stück Käsesahnekuchen und ein Stück Apfeltorte und ein Stück Schwarzwälder Kirsch, noch unterwegs zerriss sie die Tüte und stopfte sich den Kuchen in den Mund.

Ihr Magen schmerzte. Sie stürzte die Treppe hoch und würgte ins Klobecken. Danach legte sie sich aufs Bett.

Sie traf Beate in der Pizzeria. Ja, mit Tachfin hatte sie auch schon mal geschlafen. Seine zupackende Art gefiel ihr.

»Wie geht es Nuri?«, fragte Sabine und tauchte ihre Lippen in die Sahnehaube auf dem Cappuccino.

Beate grinste: »Mein Besuch hat ihm gut getan!«

Als Sabine durch den Supermarkt ging, um einzukaufen, sah sie plötzlich Nuri. Das Herz setzte ihr aus. Er wandte ihr den Rücken zu, legte ein paar Flaschen in seinen Wagen und machte eine Bewegung, als wolle er sich umdrehen.

Sabine flüchtete hinter den Zeitschriftenstand. Dort ließ sie ihren Korbwagen los, in dem bereits Joghurt und Petersilie lagen, eilte zur Kasse und schlängelte sich an den wartenden Kunden vorbei.

Die Kassiererin schaute sie an.

»Ich wollte gar nichts«, sagte Sabine.

»Du musst mehr essen!«, sagte Beate. »Deine Brüste sind nur noch zwei Pickelchen, damit machst du keinen Mann mehr an, und deine Beine sehen abscheulich aus, wie Reckstangen. Tachfin sagt auch, du wärst ihm zu dünn!«

Sabine aß nichts. Es fiel ihr immer leichter. Nur noch selten überkam sie der Heißhunger. Was sie am Essen sparte, gab sie für Kleidung aus.

Jeden Abend schlich sie, wenn es dunkel war, an Nuris Haus vorbei. Er hatte keine Gardinen vorm Fenster, und so konnte sie ihn sehen, wie er durchs Zimmer ging. Manchmal war eine Frau bei ihm.

Meine schönen Gefühle

»Und? Wie läuft's in der Schule?«, fragt der Vater, der als Liberaler seinen Kindern alle Freiheit lässt, auch die, in der Schule zu versagen.

Die dreizehnjährige Bella zieht die Nase kraus.

Er will sich schon abwenden, da hellt sich ihr Gesicht auf. »Ich habe was Tolles entdeckt«, sagt sie geheimnisvoll. »Immer, wenn es langweilig ist, in Physik oder in Chemie, sitze ich nur ganz still da und konzentriere mich und mache mir wunderschöne Gefühle.«

Ihr Vater hebt eine Augenbraue: »Und du kriegst diese Gefühle einfach so durch Konzentration?«

»Ja«, strahlt sie, »das geht ganz leicht. Jedes Mal, wenn ich die Gefühle haben will, kommen sie auch.«

Er scheint zu überlegen, lächelt schließlich. Dann sagt er: »Bella, das ist Sexualität.«

Ihr ganzes Gesicht zieht sich finster zusammen: »Das Zeug aus dem Fernsehen?«

Jahre später wirft sie ihm vor, er habe ihr mit diesem einzigen Wort alles kaputtgemacht.

»So was Albernes«, sagt er unwillig,

Sie funkelt ihn an: »Aber ich sage dir doch: es funktioniert nicht mehr.«

»Wie meinst du?«

»Meine schönen Gefühle kommen nicht mehr. Ich streng mich an und streng mich an, aber immer gerät mir diese blöde Sexualität dazwischen.«

Die Farbe Rot

Viele Frauen entdecken erst im Alter die Farbe Rot, tragen kühne rote Kappen, rote Kleider, Kostüme, Mäntel. Ein Leben lang in verhaltenes Ton-in-Ton gehüllt, greifen sie plötzlich ins Grelle, ein später wilder Aufschrei, blutrot wie die Menstruation, feuerrot wie die Leidenschaft.

Über ihren fünfzigsten Geburtstag hatte sich Susanna bis dahin keine Gedanken gemacht. Aber plötzlich stand er vor ihr wie der Tag ihrer Hinrichtung.

Sie lief durch die Stadt, verstört, dass die Jahre so schnell vergangen waren. Sie sah sich noch als Mädchen, schüchtern verliebt in den Nachbarssohn und immer auf der Flucht vor ihm. Und dann diese Ehe mit Rudi. Kein schlechter Mann, keine schlechte Ehe, aber, wenn sie es recht bedachte, ein Zusammenleben ohne Saft. Blutleer wie so viele Ehen, dachte sie. Und dann schenkt er mir fünfzig rote Rosen.

Drei Monate später verließ sie ihn für eine kopflose Leidenschaft zu einem schwarzlockigen Portier.

Obwohl sie ihr Gehalt für die halbe Stelle als Kunstpädagogin nun sparsam einteilen musste, obwohl sie spontan die großzügige gemeinsame Wohnung mit einem winzigen Apartment vertauscht hatte, bedauerte sie nicht einen Moment, dass sie ihr ganzes sorgfältig aufgebautes Leben von einem Tag auf den anderen umgestürzt hatte. Ihr Mann tat ihr Leid. Er konnte nichts dafür, dass sie sich damals von ihm hatte wählen lassen, sich von ihm hatte lieben lassen, prüde wie eine Diestel. Dass sie selbst ihn nie begehrt hatte. Nie. Und sich trotzdem von ihm heiraten ließ.

Verstört begriff sie, nachdem sie die ersten Nachmittage mit

Drago in seinem nach Schweiß riechenden Bett verbracht hatte, was es hieß, eine Frau zu sein. Hitzig zu begehren mit einer Kraft und Unbedingtheit, die keine Wahl ließ. Sie wollte ihn immer in sich haben. »Schlüpf in mich rein«, sagte sie, »einfach so, ohne zu fragen.« Einen solchen Wunsch hatte sie noch nie geäußert. Noch nie empfunden. Und als er für vierzehn Tage seine Schwester in Albanien besuchte, die mit ihrer Familie den Krieg überlebt hatte, da spürte sie noch tagelang seinen Schwanz in sich. Jeden Morgen, wenn sie aufwachte, spürte sie ihn. Erst nach einer Woche flaute der Abdruck seines Körpers in ihrem Inneren ab.

Mit ihrem Mann zusammen war sie immer das störrische Mädchen geblieben, gelegentlich eine mütterliche Freundin, eine handfeste Kameradin. Aber nie wirklich seine Frau. Auch nicht, als ihre Tochter geboren wurde. Auch nicht, als ihre Tochter ausgezogen war und sie nun wieder zu zweit lebten. Sie hatte sich fast als geschlechtsneutral wahrgenommen, mit ihrem sehnigen Körper, ihrem kantigen Gesicht, ihrer grauen Kurzhaarfrisur. Eine Frau zu sein war für sie nichts als Biologie, mit etwas beschwerlichen Begleiterscheinungen.

Vor ihrer Ehe hatte sie nur eine einzige Liebesbeziehung gehabt. Stefan hieß er. Sie erinnerte sich an diffuse Gefühle von wohlig schmerzlichem Sehnen. Die Küsse auf Hände und Hals gefielen ihr. Doch jede Berührung, die zielstrebig zum Geschlechtsverkehr hinführte, erregte ihren Unwillen. Immer, wenn sie schließlich doch zusammen im Bett lagen, fragte sie sich ratlos, wie Stefans vorpreschende Handlungen mit ihren zögerlichen Sehnsüchten in Einklang zu bringen seien. Immer war er weit voraus, und sie hechelte in seiner Spur.

Nie hatte sie mit ihm dieses scharfe Verlangen erlebt so wie jetzt nach Drago, nie diese Gier, sich über seinen Schwanz zu stülpen, nie dieses Entzücken, seinen stämmigen braunen Körper hinschmelzen zu fühlen unter ihren sanften Stößen.

Von ihrem Mann hatte sie sich heiraten lassen, weil er so gar keine Unruhe in ihr Gefühlsleben brachte, obwohl er sich, vor allem in der ersten Ehezeit vor dreiundzwanzig Jahren, große Mühe gab. Sie verachtete seine männliche Geilheit und lernte mit der Zeit, ihn schnell zu seinem Erguss zu bringen, damit er von ihr abließ und ein paar Tage lang gut gelaunt war.

Sie fühlte sich erleichtert, dass er nach der Trennung, die er ohne große Regung hinnahm, im Handumdrehen wieder eine neue Frau fand.

Susanna wollte, dass er glücklich war ohne sie.

Drago hatte sie ganz profan in der Post kennen gelernt. Er hatte ein Problem mit seinem Konto, und sie vermittelte zwischen ihm und dem mürrischen Postangestellten. Spontan tranken sie anschließend einen Kaffee miteinander, und er erzählte ihr in tadellosem Deutsch, wie er vor zwölf Jahren, lange vor dem Krieg, hergekommen sei in das Paradies Deutschland und sich in der Kälte zurechtfinden musste. Nur die älteren Frauen seien gut zu ihm gewesen.

Als Drago die Augen niederschlug und sie schüchtern um ein Wiedersehen bat, sagte sie ja.

Ihr gefiel seine scheue Freude, sie kurz zu berühren, seine erregte Geduld, seine gezügelte Kraft, bis sie endlich, Wochen später, begann, sich nach ihm zu sehnen, bis sie endlich mitging zu ihm in sein verlottertes kleines Zimmer.

Er küsste sie, als sei es Liebe.

Sie sahen sich täglich. Und seltsam: ihr angewelkter Körper straffte sich, ihre Brüste hoben sich freudig, sogar ihre Regel, die schon fast versiegt war, kam pünktlich und mit kräftigen Strömen von Blut. Ein Hormonschub, dachte sie erstaunt, nur, weil ich einen Mann begehre. Zu ihrer Freude ließen auch die starken Unterleibskrämpfe nach, die sie seit Eintritt der Menstruation begleitet hatten und die sie immer mit hochdosierten Schmerzmitteln bekämpft hatte.

Sie schritt durch die Stadt wie eine Königin, erwiderte strahlend die wissenden Blicke der Männer. Da war plötzlich eine seltsame Verbundenheit zum männlichen Geschlecht, etwas, das sie nie zuvor wahrgenommen hatte. Ein gemeinsames übermütiges Geheimnis.

Dass Drago eine deutsche Freundin hatte, eine Sozialarbeiterin, die bei einem evangelischen Hilfswerk arbeitete und viel für ihn getan hatte, störte sie zunächst nicht. So glücklich war sie.

Aber dann passierte etwas, das alles veränderte.

Sie hatte Drago zu einem Fest eingeladen, und er hatte zugesagt. Es war das erste Mal, dass er sich mit ihr in der Öffentlichkeit zeigen wollte.

Sie hatte sich ein mohnrotes Kleid gekauft, das sich sanft um ihren Körper schmiegte. Dazu rote Schuhe mit kräftigen Absätzen.

Kurz bevor er kommen wollte, rief er an. »Ich kann nicht«, sagte er. Seine Stimme zitterte, »Birgit hat von dir erfahren und ist sehr eifersüchtig. Ich muss mich um sie kümmern.«

Natürlich hatte Susanna längst begriffen, dass sie an zweiter Stelle stand. Aber da er allein lebte, wurde sie mit dieser Tatsache selten direkt konfrontiert.

Sie legte auf und fühlte nichts. Sie forschte in sich hinein. Da war keine Enttäuschung. Kein Schmerz. Kein Zorn.

Sie zog ihren Mantel an und verließ die Wohnung.

Doch dann, als sie in angeregtem Gespräch auf dem Sofa der Gastgeber saß, fühlte sie plötzlich etwas aus sich herausrinnen. Sie stürzte ins Bad. Schon klatschten Klumpen geronnenen Blutes auf die Fliesen. Sie stand hilflos da, breitbeinig mit gerafftem Kleid und schaute auf die blutigen Brocken zwischen ihren Füßen, amorph wie eine Fehlgeburt. Jäh packte sie eine schmerzhafte Sehnsucht, schwanger zu sein von Drago. Ein schwarzlockiges Kind zu gebären. Ein Stück von ihm zu besitzen.

Die Schwangerschaft und die Geburt damals, vor vielen Jahren, hatte sie wie eine Krankheit erlebt. Die plump anschwellenden blaugeäderten Brüste, hässlich wie die krampfaderdurchzogenen Beine ihrer Mutter, schleppte sie vor sich her wie eine Geschwulst. Das nächtliche Trampeln des Kindes in ihrem Leib war wie das Aufbegehren eines wütenden kleinen Dämons, der schmarotzend von ihrem Blut lebte und sie nicht schlafen ließ.

Das Gebären war ein Schock. Sie hatte sich die Sache einfacher und weniger schmerzhaft vorgestellt. Schmerzen seien heutzutage nicht mehr nötig, hatte sie geglaubt. Sie würde, hatte sie geglaubt, mithilfe entsprechender Medikamente kaum spüren, wie sich dieses fremde Wesen aus ihr befreite.

Susanna säuberte sich notdürftig und ließ sich von ihrer besorgten Gastgeberin nach Hause fahren.

Die Blutung hielt zwei Wochen lang an und erschöpfte sie von Tag zu Tag mehr. Nach jeder Besorgung schleppte sie sich, bleich ans Geländer geklammert, die Treppen hinauf zu ihrer Wohnung. Auf jeder Stufe musste sie sich hinhocken, um Atem zu holen und das hämmernde Herz zu beruhigen.

Erst nachdem die Blutung nachließ, kam sie allmählich wieder zu Kräften. Drago gegenüber erfand sie eine Grippe.

Sie wollte nicht, dass er Schuldgefühle hatte. Sie wollte nicht, dass er sich unter Druck gesetzt fühlte, sich nun auch noch um sie kümmern zu müssen. Er sollte sie jugendlich strahlend erleben und nicht schwächlich wie eine alte Frau.

Drago sagte immer häufiger Verabredungen ab.

Trotzdem zog es Susanna weiter zu ihm hin. Beim Sex war ihr manchmal, als stoße sein Schwanz in ihrem Inneren schmerzhaft an. Dann wieder gelang es ihr, sich in das unbändige Entzücken von früher hineinzusteigern. Doch oft verharrte sie kurz vor dem Gipfel, bis die Erregung allmählich abflaute.

Ihre Blutungen wurden immer heftiger, immer schmerzhafter, dauerten immer länger.

Hatte sie anfangs, nachdem die monatliche Regel schon fast versiegt gewesen war, die starken Blutungen mit freudiger Überraschung begrüßt und sich jung gefühlt, so wurde sie ihrer zunehmend überdrüssig. Ihr ganzes Frauenleben lang war sie mit kleinsten Tampons ausgekommen. Nun verschloss sie sich mit Superplus und zusätzlichen Binden. Aber das rote Leben rann unaufhörlich aus ihr heraus.

Ihr Gynäkologe stellte fest, dass sich in der Gebärmutter ein Myom von beachtlicher Größe eingenistet habe. Keine Sorge, Myome seien in der Regel gutartige Geschwulste, die fast alle Frauen haben, selbst Zwanzigjährige. Manchmal wimmelt es nur so von kleinen und großen Myomen, die, kaum hat man sie entfernt, von neuem loswuchern. Manche Frauen haben keinerlei Beschwerden, sagte er, andere litten unter Schmerzen und extremen Blutungen, so wie sie. Er legte ihr eine Operation nahe, auch wenn es ein Jammer sei, so kurz vor der Menopause. Sie müsse allerdings damit rechnen, dass nicht nur das Myom, sondern der ganze Uterus entfernt werde.

Sie wurde traurig bei der Vorstellung, dass ihr Unterleib, der gerade erst zum Leben erwacht war, nun gleich verstümmelt werden sollte. Da wollte sie trotz heftigster Blutungen doch lieber auf das natürliche Ende der Monatsregel warten, das, wie der Arzt ihr versicherte, mit dem Eintrocknen des Myoms einhergehen werde. Eintrocknen. Vertrocknete alte Jungfer.

Aber ihr rotes Blut floss und floss. Monate vergingen, und sie fühlte sich mürbe werden. Fragte ihren Arzt, wie sich eine Operation auswirken würde. Er versicherte, der Uterus sei nun, da er nicht mehr gebären müsse, ein überflüssiger Körperteil. Solange die Eierstöcke vorhanden seien, bleibe die Hormonproduktion unverändert und die Empfindungsfähigkeit sei nicht beeinträchtigt. Aber natürlich reagierten viele Frauen mit Problemen psychischer Art.

Susannas Verhältnis zu Drago gestaltete sich zunehmend schwierig, denn Birgit begann immer strengere Forderungen zu stellen. Sie verlangte, dass Drago jedes Wochenende an ihrer Seite verbrachte, sie verlangte, dass er sie mehrmals am Tag anrief, sie verlangte, dass er sich mit ihr zusammen nach einer gemeinsamen Wohnung umsah.

Und zu Susannas schmerzlicher Überraschung unterwarf sich Drago ohne den geringsten Widerstand Birgits Wünschen. Er begrenzte das nachmittägliche Liebesspiel auf höchstens eine Stunde, und Susanna bemühte sich, aus dieser kurzen Zeitspanne so viel Glück wie nur irgend möglich herauszusaugen.

Sie versuchte sich den Bildern zu entziehen, die ihn mit Birgit im Ehebett zeigten. Nachts wachte sie auf, wütend vor Schmerz.

Ihre Blutungen folgten immer schneller aufeinander, hielten immer länger an. Und eines Tages – sie wollte sich vom Sofa erheben, um zur Toilette zu gehen – wurde ihr schwarz vor Augen.

Als die Gegenstände sich wieder abzeichneten wie ein Foto in der Entwicklungsflüssigkeit, lag sie auf dem Boden in einer Blutlache, und unaufhörlich rann es rot aus ihr heraus. Wie eine Selbstmörderin, dachte sie, die sich die Pulsadern aufgeschnitten hat. Und dabei will ich doch leben!

Sie hob den Kopf, um sich aufzurichten, und versank von neuem in Schwärze. Sobald sie wieder zu sich kam, schob sie sich rücklings über den Teppichboden in die Nähe des Telefons, reckte sich nach dem Hörer und rief Rudi an.

Seine Stimme war direkt an ihrem Ohr.

»Rudi«, sagte sie mit Mühe, »bitte ruf einen Krankenwagen. Ich muss in die Klinik.«

Kurz darauf klingelte es Sturm. Sie konnte sich eben noch aufrichten, um den Öffner zu drücken, die Wohnungstür aufzureißen, und sackte wieder, für Sekunden bewusstlos, auf den Boden.

Wie angenehm, als man sie behutsam auf eine Trage bahrte, in einen Wagen schob und direkt ins Krankenhaus transportierte.

Als die Ärzte ihre Blutwerte festgestellt hatten, beschlossen sie, sofort zu operieren.

Sie fühlte sich friedlich und leicht. Sie hatte keine Angst.

Sie unterschrieb all die Hinweise auf mögliche Folgen, unterschrieb, dass man im Zweifel nicht nur das Myom und die Gebärmutter, sondern auch die Eierstöcke entfernen dürfe. Dass man ihr Blutkonserven verabreichen dürfe, mit ihrem kleinen Aids- und Hepatitis-Risiko. Sie hätte ihr Todesurteil unterschrieben, so friedlich fühlte sie sich.

Eine Schwester klappte ihr Deckbett zurück, hob ihr das weiße Krankenhemd und rasierte ihr unbekümmert vor aller Augen die Schamhaare. Nun sehe ich aus wie ein kleines Mädchen, dachte sie gerührt, so nackt, so zart.

Man zog ihr enge Gummistrümpfe an, ein Schutz gegen Embolie, versteckte ihr Haar unter einer Plastikhaube, verpasste ihr geheimnisvolle Spritzen und schob sie in den Operationssaal. Der Narkosearzt sprach mit sanfter Stimme und hielt ihre Hand.

Obwohl sie bereit war zu sterben, versuchte sie spielerisch, die Welt mit ihren Gegenständen so lang wie möglich festzuhalten, aber bald versank alles im Narkosenebel.

Das Erwachen war ein gurgelnder Brechreiz. Sie hustete braunen Schleim in eine Pappschale, recyceltes Altpapier, stellte sie fest, dämmerte kurz weg, erblickte dann im Dunst des Sich-Zurückhangelns ins Leben eine schwarze Gestalt, ernst mit schwarzem Schal und weißem Gesicht, Rudi, der, kaum hatte sie ihn wahrgenommen, sich wieder in Nebel auflöste.

Sie spürte nur Brechreiz, das war das Leben. Über ihr hing ein blutgefüllter Plastikbeutel, oben an der Decke zogen Rohre entlang, dicke und dünne, die Adern des Krankenhauses. Man hatte sie abgestellt im Krankenhauskeller, sie war zu nichts mehr nütze.

Sie befand sich zwei Tage lang auf der Intensivstation – unter strenger Beobachtung, erfuhr sie später. Ihr Kreislauf hätte zusammenbrechen, ihre Nieren hätten versagen können. Ja, man habe ihr Blutkonserven geben müssen.

Nachdem man sie hinaufgefahren hatte in die lichten Gänge der Gynäkologie, in das freundliche Zweibettzimmer, ließ die Übelkeit nach. Dafür plagten sie Stiche am ganzen Körper, das sind Reste der Luft, sagte man ihr, die man ihr in den Unterleib gepumpt hatte.

Schläuche hingen aus ihr heraus, Pflaster verklebten Nabel, Leisten und Schamansatz.

»Kein Arzt hätte das geschafft ohne Bauchschnitt«, sagte die Ärztin stolz, »unser Chefarzt ist ein Genie. Das Myom war riesig. Alles wurde im Bauch zerstückelt und unten rausgezogen.«

»Was heißt ›alles‹?« wollte Susanna wissen.

»Alles heißt: Das Myom, die Gebärmutter. Keine Sorge. Sie haben noch Ihre Eierstöcke.«

Jeden Morgen waren Bettzeug, Hemd und Haare triefend nass vor Schweiß. Die Schwester kam mit einer Spritze.

»Was ist denn das?«

»Sie kriegen Hormone.«

»Weshalb?«

»Weil Sie schwitzen.«

»Ich will keine Hormone.«

»In Ordnung«, sagte die Ärztin, »es gibt auch pflanzliche Mittel, die anregend auf die Eierstöcke wirken. Sprechen Sie mit Ihrem Frauenarzt.«

Ich will heil werden, dachte Susanna, ohne Spritzen, ohne Medikamente, ohne Hormone. Die Ärzte sollen mich in Ruhe lassen.

Sie tastete nach dem Telefon neben dem Bett und rief Drago an.

»Du hast eine fremde Stimme«, sagte er.

Sie versuchte zu klingen wie immer und erklärte, was passiert war und wo sie lag.

Bestürzt versprach er, sofort zu kommen. Ich sehe sicher schrecklich aus, dachte sie.

Sie konnte sich nicht vorstellen, je wieder einen Schwanz in ihr wundes Inneres zu lassen.

Er brachte einen riesigen Blumenstrauß, küsste ihr scheu die Wange und ließ sich auf einem Stuhl neben ihrem Bett nieder.

Sie war ein wenig befangen. Ihr war bewusst, dass direkt vor seinen Augen die transparenten Säckchen mit ihrem Urin und ihrer Wundflüssigkeit herabhingen, dass ihre Haare nicht niedlich zerzaust waren von seinen zärtlichen Händen, sondern seit Tagen ungewaschen an ihrem Kopf klebten, dass die weißen Stützstrümpfe die knochigen Knie ungünstig betonten und das weiße Krankenhemdchen mit dem offenen Rücken auch nicht gerade geeignet war, erotische Gefühle zu wecken. Aber sie wollte es so. Nun sollte er sie sehen, wie sie schwach war, wie sie hässlich war, wie sie hinfällig war. Wie sie eine alte Frau war, sollte er sehen und er sollte sie trotzdem lieben.

Er saß neben seinem Blumenstrauß und rührte sich nicht.

Da begann ihr das Herz in leiser Panik zu flattern.

»Ich komme in zehn Tagen raus«, sagte sie, »dann soll ich eine vierwöchige Kur machen.«

»Die könnte ich auch gebrauchen«, murmelte er.

Sie bemühte sich zu scherzen. »dann spielen wir Kurschatten.«

Er ließ sich erklären, was ein Kurschatten war.

»Nein«, sagte er, »ich mache lieber eine Kur ohne dich. Mit dir ist es mir zu anstrengend.« Sie erschrak. Sie hatte nicht gewusst, dass sie anstrengend war. Ich will keine Kur, dachte sie. Kurz darauf wurden die Pflaster entfernt, die Schläuche gezogen. Der Urin brannte in der Harnröhre.

»Darf ich duschen?«

»Ja.«

Ihre strotzenden Brüste waren erschlafft, der Bauch platt, die Hüftknochen stachen hervor. Zwischen den Beinen hingen ihr zwei dünne trockene Läppchen. »Das ist der Schock der Operation«, tröstete sie die Ärztin. »Die Eierstöcke haben vor Schreck die Hormonproduktion eingestellt. Durch die Entfernung der Gebärmutter tritt ja nicht automatisch die Menopause ein.«

Sie umfasste sich mit den Armen wie ein frierendes Kind.

Jeden Morgen strich sie sich mit dem Finger durch die Möse und schnupperte. War glücklich über jeden Hauch von Feuchtigkeit. Sie duftete kindlich süß. Aromatisch. Nicht mehr so weibhaft streng wie vorher.

Rudi hatte täglich angerufen und nach ihrem Befinden gefragt. Nun ließ sie ihn kommen. Auch er hatte einen Blumenstrauß mitgebracht, teurer und geschmackvoller als Dragos Strauß, auch er saß an ihrer Seite, an der nun keine Beutel mehr hingen.

Sie betrachtete ihn, diesen Mann, der sie ein viertel Leben lang begleitet hatte und der ihr dennoch ferner geblieben war als Drago. Sie betrachtete diesen langen knochigen Körper, das ausgemergelte Gesicht mit den tiefen Falten, die ordentlich übereinander gelegten Hände.

Sie dachte an seine Art zu schlafen, immer rücklings gerade ausgestreckt und leise schnarchend. Sie dachte an seine Art zu essen, lange kauend, aber immer etwas abwesend dabei.

Sie hatte Rudis Art nie geliebt, so wie sie Dragos Art liebte, der seine kräftigen Zähne zärtlich ins Fleisch schlug, sie über jeden Bissen hinweg anfunkelte mit seinen lächelnden Augen. Der sich beim gemeinsamen Nachmittagsschlaf um ihren Körper schlang, sie einbettete in seine Wärme.

Und jetzt? Was blieb jetzt übrig von ihr? Konnte er die Reste noch lieben? Würde sie je wieder nach ihm verlangen können?

»Ja, dann geh ich mal wieder«, sagte Rudi und erhob sich steif, reichte ihr linkisch die Hand: »Alles Gute.«

Unsere Ehe, dachte sie, war eine Kette von hilflosen Floskeln. Rudi versuchte alles richtig zu machen und ich auch. Aber wir wussten nie, was richtig und was falsch war. Unsere Körper waren immer im Konflikt mit sich selbst.

Wie viel kostbare Zeit haben wir miteinander vertan, Rudi und ich.

Als man sie entließ, legte man ihr ans Herz, sich mindestens sechs Wochen lang zu schonen, riet ihr, längere Fußmärsche zu meiden und keine schweren Taschen zu tragen.

Langsam erholte sich ihr Körper. Fast war es ihr unheimlich, wie sich ihre Brüste füllten, die Warzen wie straffe Knospen nach vorne standen, wie ihre Schamlippen anschwollen.

Alles an ihr war wieder prall und üppig und sehnte sich nach Berührung.

Als Drago anrief, sagte sie, sie fahre jetzt zur Kur und sei vier Wochen lang nicht erreichbar.

Ob ich noch einen Orgasmus zu Stande bringe, fragte sie sich besorgt. Wagte aber nicht, sich zu streicheln. Vielleicht würde die Narbe schmerzen.

Nach sechs Wochen unternahm sie einen Versuch. Allerdings vermied sie es, sich Drago vorzustellen. Stattdessen fantasierte sie anonyme erotische Situationen. Und siehe da – sie reagierte prompt, auch wenn ihr Vergnügen ein wenig flau an der Oberfläche blieb, statt sich in ihrem tiefen Inneren auszubreiten.

Was hieß das nun? Würde das jetzt so bleiben?

Oder ist mir nur mein Objekt der Begierde abhanden gekommen? Fehlt mir ein Mann?

Sie zog ihr mohnrotes Schlauchkleid an und schritt durch die Stadt. Sie schämte sich ihrer Üppigkeit und wollte sich dennoch zeigen.

Als Drago anrief, sagte sie, ja, sie sei aus der Kur zurück, man könne sich im Café treffen.

Auf dem Weg ins Café bemühte sie sich, nichts zu fühlen.

Scheu tastete er nach ihrer Hand. Sie zog die Finger ein, sodass ihre Hand als geschlossene Faust neben der Kaffeetasse lag.

Als sie sich verabschiedeten, fragte er nicht, wann sehen wir uns wieder. Sie umarmten sich. Sie sah seinen flehenden Blick, sie spürte seinen festen Körper, sie ging.

Wie sie dann zu Hause auf der Couch lag, dachte sie erst: Mein Büstenhalter ist zu eng, mein Slipgummi reibt, mein Nacken schwitzt unter dem Kragen. Aber dann juckten und brannten immer mehr Teile ihrer Haut. Fasziniert schaute sie zu, wie sich in Sekundenschnelle auf Armen und Beinen riesige feurig rote Quaddel bildeten. Sie hob ihre Bluse – eine rot gefleckte Landschaft bedeckte ihren Leib. Nun zog sie sich aus und betrachtete sich im Spiegel:

Ihr ganzer nackter Körper war entflammt, als habe man ihn umgestülpt, als habe man das Innere nach außen gekehrt.

Mühsam beherrschte sie den wütenden Drang, sich zu kratzen.

Am nächsten Morgen, nach einer beschwerlichen Nacht, war der Spuk vorbei, das Feuer gelöscht.

Aber ihre Brüste standen noch immer prächtig in den Halterkörbchen wie zwei üppige Geschenke.

Bis nur Meer übrig bleibt und Sand

Nachmittags, wenn die Sonne sich gesenkt und die Hitze nachgelassen hat, schlendert Maria den glitzernden Saum des Meeres entlang, lässt die nackten Füße vom Wasser liebkosen, der leichte Wind streicht ihr zärtlich durchs Haar. Ihr Blick zieht übers Meer, dann über den weiten Strand, der sie begleitet, bunt gesprenkelt mit Sonnenschirmen, Badetüchern, bis der Strand Schritt für Schritt zur unberührten Wildnis wird.

Wenn sie so dem Horizont entgegenstreunt, taucht irgendwann das rote Handtuch auf, verloren in der Wüste. Und das Lächeln zu ihr hoch.

Jedes Mal tändelt sie noch ein Stück auf der Trennungslinie zwischen Wasser und Land, kehrt um, wieder das Lächeln, schon fast vertraut, und dann zurück zum bunt gefleckten Strand, zurück zu den Menschen, zurück ins Hotel.

Wie einfach ist es, denkt sie, glücklich zu sein.

Sie sitzt auf ihrem kleinen Balkon und schaut der Sonne zu, wie sie sich immer eiliger dem Horizont nähert, ihn berührt und schließlich glühend rot im Wasser versinkt.

Am Morgen, wenn die Sonne sich von neuem erhoben hat, gleißend weiß, trinkt sie ihren Kaffee unterm kühlenden Blätterdach, palavert mit dem Kellner, dem Wirt, der Familie am Nachbartisch, und nachmittags macht sie sich auf wie die Tage zuvor, hinaus in die unschuldige Ödnis.

Da liegt er auf seinem roten Handtuch, sein Lächeln hat auf ihr Lächeln gewartet, sie schlendert vorbei, kehrt früher um als sonst, sieht ihn, wie er, die Ellbogen nach hinten gestützt, das Gesicht ihr zuwendet. Etwas Schmerzliches schwimmt in seinen Augen, liegt auf seinen lächelnden Lippen.

Guten Tag, schöne Frau, sagt er mit einer sanften Stimme, und sie bleibt stehen.

Da zieht er jäh die Beine an, springt auf die Füße, packt ihre Handgelenke und stößt ihren Körper in den Sand.

Sein Atem bläst ihr warm ins Gesicht.

Durch die Schädeldecke schießt sie aus sich heraus in den weit gespannten Himmel und schaut von oben auf die zwei hinunter, wie sie ringen, wie sein breiter Rücken ihr zierliches Körperchen niederdrückt, bis es aufhört zu zappeln, wie er sich in sie hineinschiebt, wie er auf ihr arbeitet und wie er schließlich mit einem jubelnden Schrei auf sie niederfällt.

Nun spürt sie sein Gewicht. Nun spürt sie ihr Herz gegen seines rasen.

Sie ist so erschöpft, dass sie ihn noch einen Moment auf sich liegen lässt.

Als sie ihn von sich wegschieben will, gibt er gleich nach, lässt sich beiseite rollen.

Sie steht auf, zieht ihren Bikini zurecht und schlägt sich mit der flachen Hand über die Haut, um den Sand loszuwerden.

Dann schaut sie auf ihn hinunter, wie er rücklings auf seinem roten Handtuch liegt, die Hände im Nacken verschränkt.

Warum haben Sie das gemacht?, fragt sie hasserfüllt.

Er schaut sie von unten herauf an. Du sahst so glücklich aus, sagt er. Ich wollte auch glücklich sein.

Wir Männer zahlen immer drauf

Ein wütendes Unwetter tobt ums Haus. Regenböen peitschen gegen die Panorama-Fenster. Von ihrem Schreibtisch aus betrachtet Doro das wilde Gewoge der Baumkronen. Sie liebt ihren Fensterplatz, der es ihr erlaubt, jeden Wetterumschwung wie einen Naturfilm mitzuerleben.

Erst gegen Abend legt sich der Sturm. Nun fließt das Wasser in dichten dünnen Fäden senkrecht vom Himmel.

Doro sichert ihren Text, schaltet den PC aus und geht in die Küche, um Brot und Aufschnitt zusammenzustellen. Meist essen sie und ihre Tochter Sandra im Wohnzimmer, um die Tagesschau nicht zu verpassen.

Als sie später in den Polstern liegen, glaubt Doro ein ungewohntes Geräusch zu hören.

Macht sich jemand am Gartentor zu schaffen? Die Klinke klemmt manchmal, und Doro hat schon öfter daran gedacht, draußen eine Klingel anzubringen, damit die Besucher auf sich aufmerksam machen können.

»Ich schau mal nach«, sagt sie.

»Wenn es nun ein Einbrecher ist?«, spottet ihre Tochter, die genauso wenig zur Ängstlichkeit neigt wie sie selbst.

»Etwas zu früh für die Einbrecher«, gibt die Mutter zurück, nimmt ihren Schirm aus dem Ständer, schlüpft aus den Pantoffeln in die Slippers, wirft sich die Jacke über und schaltet die Außenleuchte an. Noch immer fließt der Regen in endlosen dichten Schnüren. Durch den Wasservorhang schaut sie zum Gartentor hinüber – nichts und niemand ist zu sehen. Sie betritt den Plattenweg, vorsichtig auf Zehenspitzen, um in keine Pfütze zu tappen. Das Gartentor ist wie erwartet geschlossen. Sie drückt energisch die Klinke herunter, das Tor springt auf, und sie tritt hinaus auf den Bürgersteig.

Die schmale Wohnstraße liegt da wie ausgestorben. Kein Mensch ist um diese Zeit und bei diesem Wetter unterwegs. Es parken nur wenige Autos auf der Straße, die Anwohner fahren ihre Wagen spätestens nach Ladenschluss in die Garage.

Als sie nach rechts und nach links schaut, fällt ihr Blick auf einen Wagen, der direkt unter der Straßenlaterne steht: Ein uralter angerosteter Mercedes. In diesem Stadtteil bewegen sich ausschließlich gediegene Mittelklasse-Wagen. Doro fragt sich, welcher von den Nachbarn einen Besucher empfängt, der eine solche Schrottkarre fährt.

Sie kneift die Augen zusammen, um zu erkennen, ob jemand drinnen sitzt. Da öffnet sich die Fahrertür und ein Mann im Globetrotter-Look, schwere Wanderstiefel an den Füßen, steigt aus: Jonathan.

Viele Jahre lang war Jonathan ein enger Freund der Familie gewesen, der oft im Gästezimmer übernachtete und selbstverständlich mitaß. Als Gegenleistung betreute er die kleine Tochter, wenn die Eltern gemeinsam in die Oper gingen. Er hackte Holz für den Kamin oder kümmerte sich um verstopfte Rohre und klemmende Türklinken. Leonard, Doros Mann, war in handwerklichen Dingen ungeschickt. Doch so hilfsbereit Jonathan war, man konnte sich trotzdem nicht auf ihn verlassen. Wenn er einen größeren Auftrag bekam, der ihn auf Reisen schickte, war er von heute auf morgen verschwunden. Tagelang erreichte man nur seinen Anrufbeantworter. Selbst Pia, seine Lebensgefährtin, wusste oft nicht, wo er steckte. Nie schrieb er eine Postkarte.

Er und Leonard kannten sich aus der Schulzeit. Ein sehr ungleiches Freundespaar, hatte Doro immer gedacht. Jonathan streunte als freier Journalist durch die Kontinente, immer am Rande des Existenzminimums. Leonard fand gleich nach dem Betriebswirtschaftsstudium eine gut dotierte Stelle bei einer großen Bank und arbeitete sich über die Jahre zäh empor.

Pia war ein Glück für Jonathan. Sie hatte seine beruflichen

Talente mit gesundem Geschäftssinn zu Geld gemacht und das Chaos in seiner Buchführung beseitigt.

Doro hatte sich oft gefragt, welche Art Liebe Pia und ihn verbinden mochte.

Sie wohnten getrennt und schienen sich selten zu sehen, wirkten aber nicht unzufrieden miteinander. Vertraut und doch distanziert, nicht unbedingt, als seien sie ein Paar. Nie hatte Doro auch nur eine Andeutung von Zärtlichkeit zwischen ihnen erlebt. Nie einen Hauch von Streit.

Mit ihrem Schirm steht Doro also vorm Gartentor und schaut Jonathan zu, wie er, nur wenige Meter von ihr entfernt, aus seinem Wagen steigt.

Ihr Herz beginnt unvermittelt zu klopfen.

»Doro«, sagt er fassungslos, »woher weißt du, dass ich komme?«

»Ich habe etwas gehört.«

»Das kann nicht sein.«

Er schließt ab und geht auf sie zu, neun Jahre älter geworden, genau wie sie.

Verwegen hat er immer ausgesehen mit seinen Stiefeln, seiner Safariweste. Aber er war bei aller Lässigkeit eitel und wirkte niemals verwahrlost.

Nun hat sie einen Verwilderten vor sich.

»Komm rein«, sagt sie, »du wirst ganz nass.«

Als er vor ihr die Stufen zur Haustür hinaufsteigt, sieht sie die grauen Nackenlöckchen, die noch immer von Sandras rosa Schmetterlingsspange zusammengehalten werden.

»Zieh bitte die Schuhe aus!«, sagt Doro auf der Türschwelle mit Blick auf seine erdverkrusteten Stiefel, die bei jedem Schritt dicke Klumpen verlieren.

»Ich kann ja wieder gehen«, sagt er.

Genauso barsch und empfindlich wie früher, denkt Doro.

»Untersteh dich.« Sie verfolgt aber seine Schritte argwöhnisch bis zum Sessel, wo er sich niederlässt, und unterdrückt den Impuls, Handfeger und Kehrschaufel zu holen.

Sandra, die eingerollt in ihrem Wollponcho auf dem Sofa liegt, hebt das Gesicht, dass ihre wirren Locken nach hinten fallen. Reizvoll naiv sieht sie aus, fährt es Doro durch den Kopf.

»Kennt ihr euch noch?«, fragt sie.

Sandra betrachtet ihn aufmerksam mit ihren großen schwarzen Augen.

Jonathan gibt den Blick zurück, die Stirn gerunzelt. »Sandra?«

»Sandra, das ist Jonathan«, sagt Doro ungeduldig, um der gegenseitigen ausführlichen Musterung ein Ende zu bereiten.

»Hi«, antwortet Sandra mit ihrem Kinderstimmchen, drückt die Fernbedienung des Fernsehers, und der Bildschirm erlischt.

»Hallo, Sandra«, antwortet Jonathan.

»Was magst du trinken?«, ruft Doro ein wenig aufgedreht, »Kaffee, Tee, Bier, Cognac?«

Er erhebt sich und macht ein paar Schritte auf die Bar zu.

»Bleib nur sitzen«, fleht Doro, mit Blick auf ihren empfindlichen Teppichboden.

Mit einem Ruck, wie auf Kommando, bleibt er stehen. »Ein Cognac wäre nicht schlecht.« Er kreuzt die Arme und reibt sich die Schultern: »Es ist kalt bei euch.«

»Das sage ich auch immer«, kommt Sandras feines Stimmchen aus den Tiefen des Sofas, »Mama spart Heizung.«

»Ich mag die überhitzten Räume nicht«, erwidert Doro verärgert, »die trockene Heizungsluft schadet den Bronchien.«

Sie gießt ihm und sich selbst einen Cognac ein.

Er wendet sich nach Sandra um. »Und du, Prinzessin?«

»Sandra trinkt keine harten Sachen«, sagt Doro.

»Aber ein Bier«, ruft Sandra, wickelt sich aus ihrem Poncho und trabt zur Küche, bis zur Taille ein elfenzartes Persönchen, aber breithüftig mit festen Beinen.

»Du bist ja eine Frau geworden«, ruft Jonathan ihr nach.

»Hör mal, sie ist fünfzehn«, sagt Doro.

Man hört die Kühlschranktür klappen, dann das Zischen einer Bierflasche.

»Nimm wenigstens ein Glas«, ruft Doro. Sandra kommt und setzt die Flasche an den Mund.

»Bier macht dick«, sagt Doro.

»Ist mir doch egal.«

»Morgen jammerst du wieder.«

Sandra drückt die Fernbedienung. Lärmend springt der Fernseher an.

»Wollen wir rübergehen in mein Arbeitszimmer?«, fragt Doro.

»Wir können auch hier bleiben«, sagt Jonathan und lässt sich wieder in seinen Sessel fallen.

Sandra schaltet den Fernseher aus.

Ihre Füße liegen Jonathan zugekehrt, sie reckt vorwitzig eine rotgeringelte Socke aus dem Poncho und wackelt versunken mit den Zehen.

»Woran arbeitest du im Moment?«, fragt Doro, wohl wissend, dass er diese Art Fragen nicht mag.

Er beginnt sie auch gleich zu belehren, er hasse das bildungsbürgerliche Ritual, einen Gast mit Fragen zu behelligen, ohne an den Inhalten wirklich interessiert zu sein.

»Ich bin interessiert«, sagt Doro knapp.

Er geht nicht auf ihren Einwand ein, kommt aber auf Umwegen doch auf seine Arbeit zu sprechen. Er mache zurzeit eine Fotoreportage über Rinderzucht, reise europaweit, um die Landwirte nach der Ernährung ihrer Rinder zu befragen, natürlich habe kaum einer Tiermehl verwendet, jeder versuche sich reinzuwaschen.

»Aber es wusste ja niemand, wie gefährlich es ist, Tiermehl an Wiederkäuer zu verfüttern«, wendet Doro ein.

Damals hat sie spröde mit ihm geflirtet, mit Jonathan, diesem Abenteurer, der so ganz anders war als ihr solider Ehemann. Und nun? Warum kam er? Was wollte er bei ihr? Was suchte er? War er einsam? Stimmten die Gerüchte, Pia und er seien getrennt? Wusste er, dass Doro noch immer allein war? Erinnerte er sich an ihr vertrauliches »Johnny«, das sie ihm manchmal hingeworfen hatte wie einen trotzigen Kuss? Als Sandra noch nicht geboren war, hatte sie oft hinten auf seinem schweren Motorrad gesessen, ängstlich jubelnd seine

Hüften umklammert und ihre Wange an seinen breiten Rücken geschmiegt.

Nie hatte sie mit ihm über die Unzufriedenheit in ihrer Ehe gesprochen, nie über Leonard, ihren Mann, seinen Freund. Jonathan hasste es, von intimen Dingen zu reden. Gleichwohl hatte sie oft eine Art mitleidig wissenden Blick auf sich gespürt. Das hatte sie, ohne dass sie sich Gedanken machte, mit ruhiger Freude erfüllt.

Als er von ihrer Schwangerschaft erfuhr, hatte er sich zurückgezogen, und Doro war verletzt.

Während sie über ihn nachdenkt, redet er ununterbrochen. Doch er ist nicht, wie früher, ein amüsanter Alleinunterhalter, der sich bequem zurücklehnt, um eine sarkastische Story an die andere zu reihen. Er wirkt zerfahren. Wechselt Thema um Thema und scheint nicht zu bemerken, dass er Doro und ihre Tochter mit seinen Vorträgen langweilt.

Gleichwohl starrt Sandra ihn unentwegt mit ihren großen schwarzen Augen an.

Als sie drei Jahre alt war, hatte sich Jonathan überraschend wieder eingefunden. Erst lehnte Sandra ihn ab. Wie alle Kinder begriff sie seine ironisch distanzierte Art nicht. Aber da der Vater selten zu Hause war und Jonathan sich Zeit für sie nahm, gewöhnte sie sich an ihn. Am liebsten balgte sie sich mit ihm. Einmal zwang sie ihn, sie nach einem Zoobesuch den ganzen Weg huckepack heimzutragen. Immer ging er gutmütig auf ihre kindliche Tyrannei ein.

Fast war Doro ein wenig eifersüchtig gewesen.

»Reist du noch immer allein?«, fragt Doro, um irgendetwas über ihn und sein Leben zu erfahren.

»Nein«, sagt er knapp, »mit einer Fotografin.«

Ohne Pause fährt er fort zu erzählen, springt vom Rinderwahnsinn zu schnellen Börsengeschäften, von der Steinigung bei Ehebruch in Saudi-Arabien hin zum latenten Matriarchat in Galizien, lässt beiläufig den Satz »Wir Männer zahlen immer drauf« fallen und endet in einer Beinaheprügelei mit einem Taxifahrer in Istanbul.

»Die Fotografin – arbeitet ihr schon lange zusammen?«, fragt Doro.

»Du weißt, ich kann diese Ausfragerei nicht leiden«, sagt er grob.

»Und ich«, gibt Doro zurück, »mag keine endlosen Vorträge ohne Punkt und Komma und ohne jede Rücksicht, ob mich die Themen interessieren oder nicht.«

Er lacht wütend auf: »Ja, ich weiß, ich rede mal wieder zu viel. Das Laster der Einsamen.« Abrupt wendet er sich an Sandra.

»Und du, Prinzessin? Bist du auch inzwischen eine von diesen männermordenden Sirenen?«

»Männermordend«, wirft Doro scharf ein, »du steckst ja noch immer voller frauenfeindlicher Vorurteile.«

»Lass ihn doch«, sagt Sandra lässig und wackelt mit ihrem rotgeringelten Zeh. Doro kann nicht erkennen, ob sie ihren Zeh, oder am Zeh vorbei Jonathan fixiert.

Der lacht ein wenig unsicher, lässt seinen Blick aber nicht von Sandra.

Irgendwas stimmt nicht mit ihm, denkt Doro. Aufbrausend war er oft, aber nicht so wutschäumend wegen nichts. Ein von den Frauen Enttäuschter. Wer hat ihn enttäuscht? Pia? Die hatte doch eher er enttäuscht. Immer unterwegs. Mit einer Fotografin.

Sandra rafft langsam die Ponchodecke unter die Achseln, ihr spitzes Gesichtchen ist süß eingerahmt von ihren kurzen dunklen Locken.

»Du guckst mich so unschuldig an, Prinzessin«, bricht es aus Jonathan hervor, »ich wette, du weißt schon genau, wie man einen Mann zum Deppen macht.«

»Jetzt hör aber auf«, sagte Doro heftig, »Sandra ist ein Kind. Verschone uns mit deinen Altmännerweisheiten.«

»Ach, immer noch die Schulmeisterin?«, schießt er böse zurück. »Was Sandra an jugendlichem Schmelz besitzt, ist dir schon vor Jahren abhanden gekommen.«

Ist ja gut, denkt Doro nachsichtig, jetzt musst du natürlich zurückschlagen. Sie hat sich schon immer seltsam immun gefühlt gegen seine Beleidigungen. Sie versteht ihn. Seinen Drang, sich mitzuteilen, und den Drang, sich zu verbergen, verletzlich und verletzend, aufbrausend und schüchtern. Zugleich hat sie immer gespürt, dass auch er sie – jenseits aller vordergründigen Missverständnisse – auf eine instinktive Art versteht.

Es soll nur keiner merken, denkt sie. Darum fuchtelt er wild herum, so wie jetzt. Wütende destruktive Ablenkungsmanöver finden hier statt.

»Du projizierst deine Vorurteile auf mich, um mich dann erbittert zu bekämpfen«, sagt sie. »Letztendlich bekämpfst du nur dich selbst.«

»Ja, Frau Psychologin«, spottet er. »Da haben Sie endlich ein dankbares Objekt für Ihre Seelenstudien gefunden. Mit Ihrem analytischen Verstand vertreiben Sie jeden Mann.«

»Er hat Recht, Mama«, wirft Sandra mit ihrem glockenzarten Stimmchen ein, »Papa hat dein ewiges Analysieren auch nicht ausgehalten. Sogar im Bett, hat er gesagt, fängst du an, ihm seine Fehler nachzuweisen.«

Doros Hand ist schneller als jeder Gedanke. Wimmernd hält sich Sandra die Wange.

»Was verstehst denn du davon«, sagt Doro böse.

Meine eigene Tochter fällt mir in den Rücken, denkt sie, und ich schlage sie. Das hat Jonathan wunderbar hingekriegt. Wenn er so weitermacht, schmeiß ich ihn raus.

Jonathan wirkt plötzlich entspannt, fast heiter.

Er lehnt sich über den Couchtisch, nimmt Doros Hand und küsst sie. »Ich liebe deinen analytischen Verstand.«

Sie lacht breit. »Ich weiß«, und sie fügt nach kurzem Zögern hinzu: »Aber Sandra hat Recht. Meinem Mann gefiel der gar nicht.«

»Und warum schlägst du mich dann?«, klagt Sandra.

»Weil du deine klugen Gedanken über deine Eltern nicht überall ausplaudern sollst.«

Damals, denkt Doro, damals an Sandras sechstem Geburtstag, da hätte Jonathan mich haben können. Er hätte direkter sein müssen. Es hätte nur wenig Überredung bedurft, und ich hätte Leonard verlassen, von einem Tag auf den andern. Statt dass Leonard mich verließ.

Leonard hatte sich nach seiner Gallenoperation zu einer dreiwöchigen Kur angemeldet, ohne den Geburtstag seiner Tochter Sandra zu berücksichtigen. Doro hatte ihn scharf zurechtgewiesen, und er hatte geantwortet, er werde wegen eines lächerlichen Kindergeburtstags keine Kur rückgängig machen.

Als Jonathan wie üblich überraschend aufgetaucht war, hatte sie sich unbändig gefreut. Sie brachte ihn wie immer im Gästezimmer unter, und als er nach Leonard fragte, bemerkte sie nur beiläufig: »Er ist in Kur.«

Jonathan sagte nichts. Sie hatte keine Ahnung, was er dachte und fühlte. Sie fürchtete, dass er am nächsten Tag wieder abreisen würde. Aber er blieb.

Er half ihr bei den Geburtstagsvorbereitungen. Während Sandra im Kinderhort war, kauften sie zusammen ein, besteckten Obsttorten mit bunten Fähnchen und schmückten das Kinderzimmer mit Girlanden und Luftballons. Er blieb auch am Tag nach Sandras Geburtstag und am Tag darauf. Dann machte er Anstalten aufzubrechen. Sie sagte: »Bleib doch noch. Du kannst Leonards Schreibtisch benutzen.« Er blieb.

Es war merkwürdig, wie selbstverständlich Jonathan die drei Wochen mit ihr und der kleinen Sandra verbrachte. Tagsüber arbeitete er im Gästezimmer, das zugleich Leonards kaum benutztes Arbeitszimmer war, und abends saß er mit Doro auf der Gartenterrasse, wo er seine kleinen sarkastischen Geschichten zum Besten gab.

Die Spannung zwischen ihnen wurde fast unerträglich.

Wenn sie dicht voreinander standen, ohne sich zu berühren, glaubte Doro seinen Herzschlag zu fühlen. Keiner von ihnen machte den ersten Schritt. Aber sie wussten beide, dass sie einander nicht entkommen konnten.

Es waren ihre Körper, die sich gegen alle Vernunft aufeinander zu bewegten, um sich schließlich in einem wilden, archaischen Rausch zu verbinden. Jede Nacht entweihten sie das Ehebett.

Doro genoss es, wie Jonathan, dieser verschlossene Mann, von Tag zu Tag zutraulicher wurde.

Es war der letzte Tag vor Leonards Rückkehr.

Sie saßen auf der Terrasse, die Sonne flirrte durch das Blätterwerk des Kirschbaums, die Vögel sangen sehnsüchtig süß. Da setzte Jonathan zu einer schüchternen Liebeserklärung an.

»Ich habe mich seit Jahren nicht mehr so wohl gefühlt«, sagte er, und dann, mit einem Ruck: »Würde es dir gefallen, wenn ich statt Leonard hier wohnte?«

Im Nachhinein begriff sie nicht, warum sie nicht einfach »ja« gesagt hatte, denn es entsprach der Wahrheit. Warum hatte sie stattdessen trocken geantwortet: »Leonard wird nicht ausziehen.«

Nach diesem Satz war eine Pause entstanden, in der sie spürte, wie Jonathan sich sachte von ihr entfernte. Noch hätte sie ihn zurückholen können. Mit einem einzigen Satz. Aber sie sprach diesen Satz nicht aus. War es Trotz? Wollte sie Jonathan zwingen, noch deutlicher zu werden? Wollte sie hören, ich verlasse Pia für dich? Oder war sie es, die Angst hatte, Leonard zu verlassen? Hatte sie Angst vor Jonathan? Vor dem Aufruhr an Gefühlen, die er entfachte? Vor dem Chaos, in das er sie stürzen könnte?

Jonathan hatte seltsam gelächelt, der Abschied war kühl gewesen. In diesem Moment begriff sie, wie sehr sie ihn verletzt hatte. Wie sehr er sich zurückgestoßen gefühlt hatte.

Noch immer hätte sie ihn zurückrufen können. Aber sie sagte nichts. Sie ließ ihn gehen. Sie hätte ihm auf sein Band sprechen können, das er irgendwann abhören würde. Sie hielt den Hörer in der Hand, minutenlang, dann legte sie wieder auf.

Erst Monate später, nachdem die Scheidung längst vorüber

war und sie mit Sandra allein im Haus wohnte, wallte die Sehnsucht in ihr auf, mit einer Gewalt, dass sie glaubte, verrückt zu werden.

Ruhelos lief sie im Haus umher. Sie sah Jonathan am Schreibtisch sitzen. Sie suchte ihn im Garten. Sie spürte ihn neben sich im Bett.

Schließlich rief sie ihn an. Eine Frauenstimme sagte: »Kein Anschluss unter dieser Nummer.«

Übers Internet versuchte sie seinen Aufenthalt herauszufinden. Er schien wie vom Erdboden verschluckt.

Sie hätte Pia anrufen können. Aber irgendetwas hinderte sie.

Als Leonard aus der Kur zurückgekehrt war, begriff er sehr schnell, dass in seiner Abwesenheit entscheidende Dinge passiert waren. Sandra plapperte, den Rest reimte er sich zusammen. Dann stellte er Doro zur Rede.

»Ja«, sagte sie einfach, »Jonathan war hier. Ja, die ganzen drei Wochen. Ja, wir haben zusammen geschlafen.«

Er erwiderte sehr ruhig, er wolle sich scheiden lassen.

Erst später erfuhr Doro durch gemeinsame Freunde, dass er die Kur mit seiner langjährigen Geliebten verbracht hatte und Jonathan ein willkommener Anlass war, sich aus seiner Ehe zu verabschieden. Kaum war die Scheidung vollzogen, heiratete er diese Geliebte.

Mit dem bequemen Leben war es nun vorbei. Leonard ließ ihr das Haus und zahlte einen kleinen monatlichen Betrag für Sandra. Doro nahm einen Untermieter, musste aber zusätzlich Nachhilfestunden in Englisch und Französisch geben, um über die Runden zu kommen. Sie hätte nicht gedacht, dass es so schwer sein würde, den Lebensstandard, an den sie gewöhnt war, aufzugeben. Die erste Zeit lebte sie weit über ihre Verhältnisse und machte Schulden. Sie war zu gekränkt, sich einzuschränken. Sie kam sich lächerlich und verraten vor. Wenn ich gewusst hätte, dachte sie, dass er mich seit Jahren betrügt, hätte ich mein Leben anders geplant. Ich hätte regelmäßig Geld beiseite gelegt. Ich hätte alles vorbereitet für einen sicheren Absprung.

Und nun, nachdem sie sich ohne Ehemann mit großer Mühe eine neue stabile Existenz errichtet hatte, tauchte Jonathan plötzlich mit dreckverkrusteten Stiefeln auf und brachte alles durcheinander.

Natürlich hatte sie diverse Affairen gehabt in den neun Jahren. Schließlich war sie noch jung. Aber keinen dieser Männer, die sie alle durch Anzeigen kennen gelernt hatte, ließ sie ins Haus. Keiner sollte – und sei es nur für ein Frühstück – den Platz eines Ehemanns, geschweige eines Vaters einnehmen. Sorgfältig trennte sie Liebesangelegenheiten und Mutterpflichten.

Wenn ein Mann sich ernsthaft auf sie einzulassen begann, verließ sie ihn. Sie wollte nie wieder einen Kompromiss, so wie mit Leonard, den sie – unwissend, wie sie damals gewesen war – nicht wirklich geliebt hatte. Er hatte ihr imponiert, das ja. Er hatte ihr, die sie aus einer Scheidungsfamilie kam, Ruhe und Sicherheit geschenkt. Und natürlich genoss sie das Geld, das sie zum ersten Mal im Leben unbekümmert ausgeben durfte. Sie wusste ja nicht, dass er sich damit freikaufte von allen Pflichten der Ehe.

Sie schaut auf die Uhr.

»Soll ich gehen?«, fragt Jonathan und springt aus seinem Sessel hoch.

»Möchtest du was essen?«, fragt sie rasch, »ich habe aber nur Brot und Aufschnitt da.«

»Ich habe keinen Hunger.«

»Bist du müde?«

Er antwortet nicht.

»Du kannst bei uns schlafen. Dein altes Gästezimmer ist zwar jetzt Sandras Zimmer geworden, aber in meinem Arbeitsraum ist eine Ausziehcouch. Da kannst du schlafen, wenn du das möchtest.«

Sie steht auf, stellt sich vor Sandra hin und sagt energisch: »Es ist Bettzeit. Du musst morgen früh zur Schule.«

Nörgelnd drückt Sandra die Fernbedienung, und der Bildschirm erlischt. Den Wollponcho zieht sie wie eine Schleppe hinter sich her.

»Ich zeig dir dein Zimmer«, sagt Doro eifrig und winkt Jonathan, ihr zu folgen.

Scherzhaft holt er Sandra ein und knufft sie: »Träum schön, Prinzessin!« Schon hängt sie sich an seinen Hals und überschüttet ihn mit Küssen. Lachend macht er sich los.

»Komm«, sagt Doro ungeduldig, nimmt ihn an der Hand, und er lässt sich in ihr Arbeitszimmer ziehen.

»Hier ist die Couch.« Sie öffnet den Wandschrank und langt nach oben, um das Bettzeug aus dem Fach zu holen.

Während sie die Rückenlehne der Couch flach klappt und das Laken auseinander zieht, fragt sie beiläufig: »Seid ihr eigentlich noch zusammen, Pia und du? Hilf mir mal!«

Er erhebt sich von der Sesselkante, schnappt sich zwei Lakenzipfel und breitet das Tuch mit ihr zusammen über der Couchfläche aus. Sie wirft ihm das Kopfkissen und den passenden Bezug zu, während sie selbst routiniert die Bettdecke bezieht.

»Nein«, sagt er, »wir sind schon lange getrennt, Pia und ich.«

Sie wirft die Decke aufs Bett, nimmt Jonathan das Kopfkissen ab und klopft es bauschig auf.

»Und wie geht es dir beruflich?«, kann sie sich nicht verkneifen zu fragen, »ihr beide habt doch immer so gut zusammengearbeitet.«

»Ich wurschtele mich durch«, knurrt er böse und lässt sich von neuem auf der Sesselkante nieder. »In buchhalterischen Dingen bin ich ein Trottel. Leider. Mir sitzt mal wieder das Finanzamt auf den Fersen. Ich soll mehr Steuern zahlen als früher, obwohl ich einen Bruchteil von damals verdiene. Inzwischen bin ich mit allen großen Auftraggebern zerstritten und arbeite nur noch für Provinzblätter. Die reden mir nicht rein. Dafür zahlen sie schlecht. Auch die Fernseh-Aufträge haben sich erledigt. Ich bin zu unangepasst, zu eigenbrötlerisch, zu wenig bereit, die geschmierte Maschine mit Fastfood zu bedienen.«

106

»Hast du wenigstens eine Altersversorgung?«

»Darum hab ich mich nie gekümmert. Ich werde wohl die nächsten zwanzig Jahre ackern müssen.«

»Bedauerst du die Trennung von Pia?«

Er lacht kurz auf. »In beruflicher Hinsicht ja.«

»Und deine Fotografin?«

Er zieht eine Braue hoch: »Wie meinst du?«

»Du hast von einer Fotografin gesprochen, mit der du zusammenarbeitest.«

»Ja und?«

»Hat sie keine Fähigkeiten – ich meine, so was wie Pia …«

»Stefanie ist selbstständig«, sagt er mürrisch, »sie macht ihren Job, wie ich meinen mache. Sie kümmert sich um ihre Buchhaltung und ich um meine.«

Ich könnte das machen, fährt es Doro durch den Kopf, Buchhaltung fällt mir leicht. Organisieren kann ich. Aufträge akquirieren würde mir liegen.

Aber sie sagt nichts.

Da springt die Tür auf und Sandra im Nachthemd stürmt herein, umhalst ungewohnt zärtlich ihre Mutter. Doro spürt die kleinen Brüste. Dann fällt Sandra Jonathan um den Hals.

»Das hatten wir doch schon erledigt«, sagt er lachend und biegt ihre Arme zur Seite.

»Geh jetzt ins Bett«, sagt Doro scharf, und maulend gehorcht Sandra.

Doro hätte gern gewusst, ob er eine Liebesbeziehung zu dieser Fotografin hat, mit der er zusammenarbeitet. Aber sie weiß nicht, wie sie ihn fragen soll, ohne dass er sie als aufdringlich empfindet.

Sie tritt an den Wandschrank und hebt die Arme, um die oberen Schranktüren zu schließen. Wie sie so hochgereckt dasteht, ist er plötzlich mit einem Satz hinter ihr und legt ihr seine großen warmen Hände auf die Brüste. Die Berührung trifft sie wie ein elektrischer Schlag. Sie steht reglos, die Hände ins Leere erhoben, und spürt die Vitalität seines Körpers auf sie überspringen.

Es ist zu spät, sich zu schützen. Ihre Sinne geraten in Aufruhr.

Oh, wie du mir gefehlt hast all die Jahre, jubelt ihre Haut, jubelt ihr Herz.

Der Morgen ist sonnig, sie frühstücken auf der Terrasse wie in alten Zeiten.

Sandra scharwenzelt um Jonathan herum und bedient ihn. Er lässt es sich schmunzelnd gefallen.

Was ist mit der Fotografin?, hätte Doro gerne gefragt. Aber sie fragt nicht.

Warum ist Jonathan gekommen? Brauchte er Sex? Fühlte er sich einsam? Wollte er gar bei ihr einziehen? Ausruhen von seinem rastlosen Leben? Eine Heimat finden?

Und sie selbst? Was will sie? Will sie, dass er zu ihr zieht? Beim Frühstück herumkrümelt? Den Teppichboden beschmutzt? Sein nasses Badetuch achtlos auf die Fliesen wirft? Alles durcheinander bringt, was sie in all den Jahren mühsam aufgebaut hat?

Diesmal sagt er nichts zum Abschied. Aber er zögert, als warte er auf etwas. Es wäre an ihr gewesen, zu sagen: Bleib doch noch. Oder: Gib mir deine Telefonnummer. Oder: Wann sehen wir uns wieder?

Aber sie sagt nichts.

Als sie sich umarmen, spürt sie, wie er sich von ihr entfernt. Sie begleitet ihn noch bis zum Gartentor.

Über den Zaun hinweg winkt sie ihm nach. Sie winkt, bis sein Wagen hinter einer Kurve verschwunden ist.

Der Wind fährt ihr durchs Haar. Sie schaut hinauf in den dunklen Himmel, der schon wieder Regen ankündigt, und sie fühlt sich ergriffen von einer sinnlosen Traurigkeit.

Keine Zeit

Da sitzt man im Café, schaut sich an, lächelt, nickt sich fragend zu, zahlt, trifft sich draußen vor der Tür, schon streicht die Hand über die Hüfte, schon drückt sich ein hungriger Körper an den andern, keine Zeit zu spielen, zu warten, zu sehnen, wer weiß, ob man sich je wiedersieht, aber sie will spielen, was machst du beruflich, er lacht, ich verkaufe Autos, er berührt ihr Haar, wie das knistert, und du, was machst du, sie laufen auf dem Bürgersteig hin und her, unschlüssig, was sie miteinander anfangen sollen, nun, da die Sache sich verzögert, ich studiere, was denn, Jura, er lacht, und du, wie lange bist du schon hier, seit zwei Jahren, woher kommst du, aus dem Libanon, und was ist mit den Autos, er lacht, was du alles wissen willst, wo verkaufst du Autos, nach Afrika, Nairobi, da wohnt meine Familie, bist du verheiratet, nein, und du, ich auch nicht, er hat sie unmerklich in eine Seitenstraße gelotst beim Reden, sie hält Abstand, spürt sein Drängen, das einhält, sobald es an Grenzen rührt, das nicht zwingen will, aber hartnäckig nachsetzt, sobald sie die Grenzen lockert.
Das gefällt ihr.
Sie kennt das Drängen, das keine Grenze erträgt, den Gefährten, der gekränkt zurückschreckt, der jäh aufhört zu spielen, sich im Schmollwinkel verkriecht, sie stehen lässt mit ihrer entfachten Sehnsucht, sodass sie sich seufzend aufmachen muss, ihn herauszulocken, er lässt sich bitten, sie muss sich demütig beugen, bis er sie gnädig erhört, sich ihr hoheitsvoll widmet, jetzt muss sie nehmen, was sie kriegt, sie muss die Situation nutzen, wer weiß, ob er nicht im nächsten Moment verschwunden ist, nicht nur im Schmollwinkel, sondern für immer ausgelöscht aus ihrem Leben, sie will nicht dastehen

mit hängenden Armen und nicht wissen wohin mit der Liebe, nur weil ihr Liebster flüchtet, sobald er an ihre Grenzen stößt. Ich muss weg, sagt sie, ich bin verabredet, ein Arbeitstreffen, lügt sie. Wann sehen wir uns wieder? Gib mir deine Telefonnummer. Er nestelt in seiner Jackentasche, findet einen Stift, eine Quittung, sie leiht ihm ihre Tasche als Unterlage, er kritzelt seine Nummer auf die Rückseite der Quittung, reißt den freien unteren Teil ab, und du? Sie zögert, entschließt sich dann doch, ihre richtige Nummer aufzuschreiben. Morgen hätte ich Zeit, sagt er. Nächste Woche, sagt sie. So spät? Kannst du nicht früher? Doch. Wann denn? Übermorgen. Aber nicht lange. Macht nichts. Wann kannst du? Nachmittags eine Stunde im Café. Ja schön, dann bis übermorgen. Sie reicht ihm die Hand. Er nimmt sie, beide Hände sind kalt von dem unschlüssigen Hin- und Hergelaufe in der Herbstluft, als sie loslässt, legt er ihr rasch die Handfläche an die Taille und zieht ihren Körper zu sich, küsst sie auf die Wange, lässt sie los. Da schießt das Leben mit Wucht in sie hinein.

Verführe mich

Elisa war eine rosige sinnenfrohe Vierzigerin, die bei ihrem Ehemann, einem ältlichen Hobby-Jäger, nicht auf ihre Kosten kam.

So erlebte sie mit Uwe, den sie auf einem Selbstbehauptungstraining kennen gelernt hatte, die geschlechtlichen Freuden wie eine Erleuchtung. Nie hätte sie gedacht, dass Berührungen so aufregend, so wohltuend, so berauschend sein konnten. Mit Herbert hatte sich ein kaum variiertes Ritual eingespielt, das sie hinter sich brachten wie das tägliche Zähneputzen.

Uwe war zwölf Jahre jünger als sie, knabenhaft schmal und von schüchterner Leidenschaft. Er besaß die Gabe, Elisas verborgendste Sehnsüchte aufzuspüren. Manchmal war ihr, als kenne er sie besser als sie sich selbst.

Was lag näher, als nach vierundzwanzig kinderlosen Ehejahren Herbert und seine Eigentumswohnung zu verlassen und mit Uwe zusammenzuziehen?

Die ersten fünf Monate waren beglückend. Elisa genoss Uwes sensible Glut sowie seinen Sinn für Häuslichkeit.

Herbert war übers Wochenende regelmäßig mit seinen Jägerfreunden unterwegs gewesen und hatte Elisa, obwohl sie berufstätig war wie er, sämtliche Haushaltsangelegenheiten mit großer Selbstverständlichkeit überlassen.

Uwe kochte nicht nur gern, er wusch auch gern ab, er putzte gern, fuhr voller Eifer mit dem Staubsauger über Teppichböden, wienerte Glastische und Anrichten – kurzum, er übernahm allmählich mit großem Engagement das Regime in der Küche, und Elisa fühlte sich entlastet, beschenkt, verwöhnt und dankte Uwe mit zärtlichsten Liebkosungen.

Doch nachdem sich der erste Liebesrausch ein wenig beruhigt hatte, nahm ihre Beziehung eine irritierende Wendung, die Elisa in ihrer Tragweite nicht gleich begriff. Es war keineswegs ein plötzlicher Umschwung, sondern so etwas wie ein kurzes Stolpern. Man hielt inne, fand nichts, schritt wie gewohnt weiter, stolperte wieder und wieder, bis man nicht mehr wagte, unbekümmert auszuschreiten, sondern sich nur noch mit kleinen Schrittchen voranbewegte, immer auf der Hut.

Das erste Stolpern hatte Elisa nicht ernst genommen. Es war Samstagvormittag. Uwe scheuerte die Küchenspüle. Elisa, in Erinnerung an die vergangene Nacht, umfasste ihn zärtlich und drückte ihm einen Kuss in den Nacken. Da schüttelte er sie unwirsch ab und erklärte, erst müsse die Pflicht erledigt werden, bevor man sich den angenehmen Dingen zuwenden könne. Achselzuckend ließ sie ihn in Ruhe.

Ein paar Tage später wies er sie erneut schroff zurück. Als sie sich beschwerte, behauptete er, nach einer leidenschaftlichen Begegnung brauche er Abstand. Zärtlichkeiten am Morgen danach seien ihm zuwider.

»Das ist aber neu!«, sagte sie verärgert.

Nachdem sie weitere Abfuhren dieser Art erlebt hatte, stellte sie gekränkt ihre liebevollen Annäherungen ein, um Uwe Zeit zu lassen, von sich aus auf sie zuzukommen. Aber er kam nicht. Die Tage vergingen, er kaufte ein, er putzte, er wusch die Wäsche, während Elisa, gefangen in ihren ungelebten Sehnsüchten, vor sich hin schmollte. Je länger sie wartete, umso grantiger wurde sie, umso weniger ging Uwe auf sie zu. Und in kürzester Zeit war ihre gemeinsame Leidenschaft, die so übermütig aufgelodert war – kläglich in sich zusammengesunken.

Da sie beide in sozialen Berufen tätig waren und über ein breites psychologisches Wissen verfügten, nahmen sie die unerfreuliche Entwicklung nicht einfach hin, sondern fassten sich ein Herz und sprachen die Sache an. Genauer gesagt, Elisa warf Uwe eines Tages ihre gesammelte Enttäuschung vor die

Füße: Wie Uwe sich das vorstelle. Das sei doch keine Liebesbeziehung mehr. Sie hätten seit Monaten nicht mehr miteinander geschlafen. Wenn er sie nicht mehr begehre, müsse sie sich wohl nach einem neuen Liebhaber umsehen.

Uwe tänzelte, mit Putztuch und Essigreiniger bewaffnet, vor ihr hin und her, gab panisch zu, sie habe vollkommen Recht. Es müsse etwas passieren.

Gemeinsam beschlossen sie, die freien Wochenenden zu nutzen, um sich bewusst für die Wiederbelebung ihrer Liebe einzusetzen.

Die Zeit verging, und man wartete auf eine günstige Gelegenheit. Endlich, mitten im blühenden Monat Mai, war es so weit. Uwe hatte sich zu einem Fortbildungsseminar für pädagogische Fachkräfte angemeldet, das auf zehn Tage angesetzt war. Derart lange waren sie noch nie voneinander getrennt gewesen, und so lag es nahe, dieses letzte Wochenende vor Uwes Abreise zu nutzen, um süßzärtlichen Abschied voneinander zu nehmen.

Dabei musste jede Art von Einengung vermieden werden. Die Dinge sollten sich wie früher leicht und spielerisch entwickeln können. Nichts sollte überstürzt werden.

»Wie gut«, sagte Uwe, »dass wir keinen Zeitdruck haben. Da kann ich vorher schnell noch ein bisschen Ordnung in den verlotterten Haushalt bringen.«

Da Elisa inzwischen begriffen hatte, dass Uwe nicht imstande war, auf die gründliche Wochenendreinigung zu verzichten, zügelte sie ihren Unwillen und überließ Uwe milde lächelnd seinem ruhelosen Putztrieb.

Pro forma fragte sie, ob sie helfen könne. Aber Uwe winkte wie üblich ab. Er wusste, dass sie die Entfernung der Staubflocken nicht so ernst nahm wie er, und putzte lieber selbst.

Elisa entschloss sich, derweil zum Markt zu fahren, um Gemüse und Salat fürs Wochenende einzukaufen. Sie nahm sich Zeit, trödelte noch ein wenig durch die Kaufhäuser und erwarb spontan ein champagnerfarbenes Nachtgewand mit üppigem Spitzenbesatz um den Ausschnitt.

Als sie am frühen Nachmittag zurückkam, hatte Uwe Küche und Wohnzimmer gesäubert und nahm gerade das Bad in Angriff.

Elisa war überzeugt davon, dass Uwe übergenug Zeit gehabt hatte, sein Putzpensum zu erledigen. Sie hatte geglaubt, ihn in freudiger Erwartung auf dem Wohnzimmersofa vorzufinden. Nun packte sie jäh der Unmut, und sie sagte spitz: »Der Keller hätte es auch nötig.«

Selbstverständlich war damit der Samstag gelaufen.

Aber sie hatten ja noch den ganzen Sonntag.

Beim Frühstück sprachen sie sich aus. Uwe verstand und verzieh Elisa, und engagiert beschlossen sie, behutsamer miteinander umzugehen. Zumindest der Sonntag sollte gelingen.

»Es ist so schönes Wetter«, sagte Uwe, »wollen wir nicht die Sonne für einen kleinen Spaziergang nutzen?«

Elisa hatte sich zwar vorgestellt, den Sonntag mit Uwe zu Hause zu verbummeln, statt sportlich über Felder zu marschieren, aber der Sonntag war ja noch lang.

Außerdem hatte sie sich fest vorgenommen, ihre gekränkte Enttäuschung zu zügeln, wenn sich die Dinge nicht nach ihren Plänen entwickelten.

Also legte sie ihre kleine weiche warme Hand auf Uwes sehnige kühle Hand und sagte freundlich, aber nicht allzu zärtlich, damit er sich nicht belästigt fühlte: »Gern.«

Die erste Klippe war überwunden. Sie schweiften durch die blühende Landschaft, nahmen in einem Wald-Restaurant Kaffee und Kuchen zu sich und schlenderten bestgelaunt und innig umarmt zurück nach Hause.

Im Flur zogen sie Windjacken und Wanderschuhe aus, und Elisa eilte ins Wohnzimmer, um die Kerzen in den Leuchtern anzuzünden.

Uwe kam nach, sagte geheimnisvoll: »Ich drehe schon mal die Heizung im Schlafzimmer an«, und verschwand in der Küche, wo er – wie Elisa hörte – eine Weinflasche entkorkte.

Das Schlafzimmer war nicht der ideale Ort, Elisas Gelüste zu wecken. Es erinnerte sie fatal an ihren Ex-Mann Herbert mit seinen zwei Stellungen: normal und französisch. Es bedurfte jedes Mal eines großen Aufwands, seinen Schatten aus der Intimität des Doppelbettes zu vertreiben.

Uwe wusste, dass Elisa – abgesehen vom Schlafraum – fast jeder Platz recht war: das Badezimmer, der Flur, die Arbeitsecke, und natürlich das Kuschelsofa im Wohnzimmer. Ach, sie hatte so sehr gehofft, dass er sie nach dem weitschweifigen Spaziergang – gleich hier und jetzt anfallen würde.

Doch Uwe hatte es gern bequem. Als sie einmal im Überschwang der Gefühle im Wald über ihn hergefallen war, klagte er über Ameisen, kratzende Zweige, kitzelndes Gras, kalte Nieren.

Im Haus war ihm außer dem Bett nur noch das Wohnzimmer genehm.

Da saß also Elisa mit ihren Kerzen und wartete.

Uwe trat ein, umfasste mit der einen Hand den Hals der Weinflasche, auf der anderen balancierte er das Tablett mit den Gläsern.

Er deponierte es auf dem Beistelltisch neben dem Sofa, hauchte seiner Liebsten einen Kuss über die Wange, sagte: »Ich geh noch schnell duschen«, und verschwand.

Duschen bedeutete für Uwe jedes Körperteil sorgfältig mehrmals einzuschäumen und abzuspülen, er entfernte unnütze Haare und Schuppen und Hornhaut, er bürstete und knetete und rubbelte, und zum Schluss rieb er sich ausführlich mit Körperöl ein.

Elisa bemühte sich, jede Ungeduld, jeden Unwillen, jeden Ärger beiseite zu schieben und sich auf die Formel zu konzentrieren: Er macht sich schön für mich. Sie selbst hatte durchaus nichts gegen natürliche Körperdüfte. Missmutig fragte sie sich, ob Uwe etwa erwartete, dass auch sie sich duschte. Vielleicht vermied er Zärtlichkeiten, weil sie seinen Frische-Anforderungen nicht genügte?

Sie goss ihr Glas randvoll und kippte es in einem Zug.

Die Dusche rauschte. Sie suchte eine CD aus, die sie an die Anfangszeiten ihrer Liebe erinnerte, aber sobald sie die ersten Klänge hörte, schaltete sie den Player ab.

Womöglich würde Uwe die Musik allzu sehr als Aufforderung empfinden, die Leidenschaft von damals wieder zu beleben.

Und Druck in jeder Form, das wusste sie inzwischen, pflegte sein gesamtes Triebleben lahm zu legen.

Noch immer rauschte die Dusche.

Elisa schlenkerte erst den einen, dann den zweiten Hauslatschen von den Füßen, saß breitbeinig da und betrachtete ihre Zehen, wie sie sich in den Socken bewegten.

Schließlich stand sie mit einem Ruck auf, nahm die Weinflasche und ihr Glas, tappte ins Schlafzimmer und stellte beides auf ihrem Nachttischchen ab.

Dann ließ sie sich auf die Bettkante plumpsen, goss sich erneut das Glas voll und begann sich auszuziehen. Sweatshirt, Hemd, Jeans, Socken. Ich sollte die Füße waschen. Ach was. Ein Weilchen saß sie unschlüssig in Slip und BH da.

Was soll ich anziehen? Das einfache Baumwollnachthemd, das sackartig bis zur halben Wade fällt? Oder das neue champagnerfarbene Prachtstück? Sie griff in die Plastiktüte – eigentlich sollte ich es vor dem Tragen waschen –, die weiche Seide sank knisternd aufs Bett.

Elisa zerrte sich BH und Slip vom Leib, stand auf, betrachtete sich flüchtig im Spiegel des Kleiderschranks – meine Schenkel sind zu dick, der Busen hängt, Uwe findet mich hässlich, deshalb kann er nicht mehr mit mir schlafen. Ich mache mich nur lächerlich mit diesem Champagnerfetzen.

Die Dusche rauschte. Sie zögerte. Zog dann aber doch das spitzenbesetzte Seidenhemd über den Kopf. Kühl floss es ihren Körper entlang bis auf ihre Füße. Sie fühlte sich plötzlich kostbar.

Sie löschte die Deckenleuchte, schob sich unter die breite Bettdecke und knipste das Nachtlicht an.

Ob sie unter einem Vorwand ins Bad gehen sollte, um zu

116

schauen, wie weit Uwe mit seiner Reinigungszeremonie war? Aber dann würde er sich bestimmt wieder über ihre Ungeduld beschweren. Keine fünf Minuten kannst du warten, warf er ihr oft vor. Immer willst du alles gleich sofort. Immer setzt du mich unter Druck.

Dabei gab sie sich solche Mühe, alles Vorwurfsvolle, Frustrierte, Genervte aus ihrer Stimme zu tilgen.

Die Dusche rauschte.

Elisa schlug die Decke beiseite, tappte in die Küche, wo der Einkaufskorb stand, und entnahm ihm die Ökozeitschrift *Schrot und Korn*, die sie am Vortag vom Wochenmarkt mitgebracht hatte.

Zurück im Bett setzte sie die Lesebrille auf und öffnete die Zeitschrift.

Uwe war indessen beim Schneiden der Fußnägel angelangt. Er saß auf dem Klodeckel, hatte ein Handtuch untergelegt und die rechte Ferse aufs linke Knie gehoben. Hoffentlich hatte Elisa sich inzwischen wieder entspannt. Den Wein hatte sie mit leicht zusammengekniffenen Lippen in Empfang genommen und er wusste gleich, dass er etwas falsch gemacht hatte. War der Wein nicht kalt genug? Hätte sie lieber Rotwein gewollt? Hätte er erst mal nach ihren Wünschen fragen sollen, statt gleich eine Flasche zu öffnen? Hatte sie das Gefühl, er verfüge über sie wie früher ihr Ehemann? Hätten sie erst mal anstoßen sollen? Ein paar Minuten beieinander sitzen sollen? War er ihr zu hektisch ins Bad gestürzt?

Er beschloss, all diese Gedanken beiseite zu schieben. Immerhin fuhr er morgen für zehn Tage fort. Da sollte es doch möglich sein, einander noch mal innig nahe zu kommen.

Nach Beendigung der Pediküre cremte er die Füße ein, wusch sich die Hände und putzte sich die Zähne. Elisa hatte einmal darauf bestanden, mit ihm zusammen zu duschen. Er hatte sich durch ihre Nähe nur belästigt gefühlt, obwohl er sich große Mühe gegeben hatte, sie das nicht merken zu lassen. Sich säubern war eins der privatesten Dinge für ihn, wo er keinen dabei haben wollte. Dass es Elisa angeblich gleich war, ob sie ihn geduscht oder ungeduscht umarmte, konnte er nicht nachvollziehen. Er mochte auch sie lieber nach Deo als nach Schweiß duftend. Manchmal, wenn sie sich morgens an ihn schmiegte und aus dem Mund roch, musste er sich abwenden. Natürlich könnte er sie bitten, erst mal die Zähne zu putzen. Aber sie war ja so empfindlich. Wahrscheinlich würde sie gleich wieder eine Grundsatzdebatte anfangen, dass er sie in Wahrheit nicht liebe und begehre – endlose überflüssige Diskussionen, die er nur aus Liebe, jawohl aus Liebe über sich ergehen ließ.

Er putzte sich also sorgfältig die Zähne, föhnte sich das Haar und überlegte, ob er im Schlafanzug auftreten sollte und wenn, in welchem. Frivol oder seriös, das war die Frage. Wahrscheinlich würde sie es als aufdringlich empfinden, wenn er einfach nackt wie die Natur ins Schlafzimmer schreiten würde, sozusagen mit der Tür ins Haus fiel, statt seine Liebste erst ein wenig in Stimmung zu bringen. Sicher war ihre Stimmung inzwischen auf null. Das passierte oft von einer Sekunde auf die andere. Eben noch glücklich turtelnd und plötzlich beleidigt. Was ist los? – Nichts. – Was hab ich denn jetzt schon wieder getan? – Mach dir bloß keine Sorgen um mich. – Ich mach mir aber Sorgen.

Er wählte den aufgerauten sportlichen Streifen-Pyjama, wischte die Dusche aus, hängte den Lappen über die Heizung und öffnete das Fenster.

Mit dem guten Gefühl, alles erledigt zu haben, frei zu sein für die unbeschwerten Freuden des Lebens, verlässt er das Bad und schlendert durch den Flur ins hell erleuchtete Wohnzimmer, um seine Liebste ins Bett zu führen.

Da liegen noch ihre beiden Hauslatschen, weggeschlenkert mitten auf dem Teppich. Er hebt sie auf und stellt sie ordentlich neben das Sofa.

Da steht noch das unbenutzte Weinglas. Er nimmt es, läuft

den langen Flur zurück, hält kurz inne und zieht die Schlaf-
zimmertür auf.

Elisa liegt im Bett, süß und rosig. Die Fülle ihrer Locken bedeckt die nackten Schultern.

Bei seinem Eintreten blickt sie kurz über den oberen Rand der
Lesebrille, um sich gleich von neuem in ihre Zeitschrift zu
vertiefen.

»Du liest?«

Anstatt nun das Heft beiseite zu legen, die Brille zusammen-
zuklappen und ihn anzulächeln, knurrt sie: »Das siehst du
doch.«

Findet sie ihn zu bieder in den aufgerauten Streifen? Wäre ein
nackter Auftritt doch stimulierender gewesen?

Er knipst seine Leseleuchte an, stellt sein leeres Glas auf seinem Nachttischchen ab und kriecht neben sie ins Bett. Sie ist
ihrem eigenen Leselicht zugewandt und zeigt ihm daher den
Rücken. Offenbar will sie nicht angefasst werden. Er liegt steif
ausgestreckt, bemüht, sie nicht zu berühren, die Hände hält
er hinter seinem Kopf verschränkt.

Er hört das Blättern der Seiten. Er hört ihre Schlucke beim
Trinken, er hört das Aufticken des Weinglases. Die Flasche
steht auf ihrem Nachttisch. Warum bietet sie ihm nichts an?
Erwartet sie etwa von ihm, dass er sie bittet?

Nach einer Weile fragt sie, ohne sich nach ihm umzudrehen:
»Bist du müde?«

»Ja.«

»Gut«, sagt sie, »dann können wir ja die Heizung wieder ab-
stellen.«

Schon hat sie das Heft auf den Nachttisch geworfen, schon
stürmt sie zur Heizung, dreht den Knopf aus, kippt das Fenster nach innen – damit uns die Nachbarn hören können,
denkt Uwe –, schon springt sie zurück, dass die Matratze vibriert, aufstöhnt, ächzt, schon hat sie ihr Licht ausgeknipst,
ihren Körper herumgeworfen, dass sie ihm von neuem den
Rücken zudreht. Nicht dass er etwas gegen ihren Rücken hat.
Wie gern würde er sich jetzt an ihn schmiegen, wie gern

würde er ihre weichen Hinterbacken in seiner Beckenmulde spüren. Aber ihr Rücken ist wie ein rundgewaschener Fels, abweisend, unnahbar. Elisa kann sehr ungnädig werden, wenn man sie ohne ihren ausdrücklichen Wunsch berührt.

Uwe fühlt sich zu empfindsam, um eine Abfuhr ertragen zu können. Ihre ruhigen Atemzüge zeigen ihm, dass sie eingeschlafen ist. Wie kann sie jetzt so einfach schlafen, denkt er zornig.

Sie scheint ihren ganzen Ärger wegzuschlafen. Er hingegen wälzt sich, wie so oft, die halbe Nacht. Aber das Bett ist breit genug, man stört einander nicht.

Aufgeschreckt aus bösen Träumen wird er vor ihr wach. Der Zug fährt gegen Mittag – es ist noch Zeit. Er geht ins Bad, putzt sich die Zähne, duscht ausführlich, wirft einen Blick ins Schlafzimmer. Elisa, die sich den Vormittag für ihn frei genommen hat, schläft noch immer. Wie glücklich entspannt sie atmet! Er nimmt die halb geleerte Weinflasche und die zwei Gläser mit in die Küche, stellt das saubere Glas in den Schrank, das benutzte in die Spülmaschine. Schaut nach Elisa, die noch immer schläft. Leise schließt er das Fenster und dreht die Heizung auf. Er geht Brötchen holen, bereitet den Tee zu, trägt das Frühstückstablett ins Schlafzimmer, platziert es auf Elisas Nachttisch und weckt sie mit einem sanften Kuss.

Sie schlägt die Augen auf und lächelt ihn an. »Ach, mein Schatz, wie schön.«

Wie froh er ist, sie so froh zu sehen. Sie richtet sich auf, er stopft ihr ein Kissen in den Rücken, sie hebt das Tablett auf ihre Oberschenkel – »Und wo sitzt du?« – Sie gießt ihm ein, dann sich, halbiert ein Brötchen, die Kruste springt fröhlich nach den Seiten hinweg. Lachend fischt sie ein paar Brösel aus ihrem seidenen Dekolletee. Reisefertig angezogen wie er ist, lässt er sich unschlüssig auf der Bettkante nieder, verdreht angestrengt den Rücken beim Zerschneiden des Brötchens, damit die Krümel aufs Tablett fallen und nicht in die Kissen. Die Tasse hebt er samt Untertasse, damit die Tropfen aufgefangen werden und nicht das Bettzeug beflecken. Elisa strahlt ihn an. Sie bemerkt nicht, wie sich ein Tropfen von ihrem Tassenrand löst und bräunlich ins Deckbett sickert. Er hasst es, im Bett zu frühstücken.

Aber er möchte seine Liebste fröhlich sehen, so wie jetzt. In wenigen Stunden geht sein Zug. Wie ihre Augen blitzen! Wie ihre wilden roten Locken leuchten. Der graue Scheitel müsste nachgefärbt werden. Aber sie vergisst es. War es nicht ihre Lässigkeit gewesen, die ihn angezogen hatte? Ihr schnell hingehuschtes Make-up, die verklebten Wimpern, die zerlaufene Lippenfarbe?

Es ist bereits zehn. Sie soll sich beeilen, sonst ist es zu spät. Von einem Schnellfick am Morgen hält Elisa nichts. Aber bald ist keine Zeit mehr für eine ausführliche Liebe. Ab wann ist ein Fick ein Schnellfick? Sind zehn Minuten schon ein Quicky?

Die Zeit verrinnt. Elisa zerschneidet ein zweites Brötchen, bestreicht eine Hälfte mit Butter, häuft Marmelade darüber, beißt hinein. Wie sie zupackt mit diesen weißen Zähnen! Wie ihre kleine sommersprossige Nase beim Kauen zuckt! Wie herausfordernd die weißen Brüste durch die Spitzenbordüre schimmern!

Während Elisa kaut, schweift ihr Blick auf das Ökoheft vom Abend zuvor. Mit der Rechten hält sie das Brötchen, mit der Linken langt sie zum Nachttisch, zieht das Heft zu sich heran und beginnt zu blättern. »Willst du auch?«

Schon hat sie die Klammern in der Mitte des Heftes auseinander gedrückt und reicht ihm freundlich den Rezeptteil. Was bleibt ihm übrig, als zuzugreifen und sich über Kichererbsen und andere winterliche Vitaminträger zu informieren?

Sie liest, sie kaut. Er liest, er kaut. Die Zeit verrinnt.

Ab und zu schaut Uwe verstohlen auf die Uhr, beschließt irgendwann, das mit der Liebe lohne sich jetzt nicht mehr. Spürt, wie er sich resigniert entspannt.

»Ich fahre dich zum Bahnhof«, sagt Elisa.

Schon stellt sie das Tablett beiseite, schon wirft sie die Beine an ihm vorbei aus dem Bett, schon springt sie unter die Dusche, er hört sie trällern, rasch zieht sie sich an, nimmt Wohnungs- und Autoschlüssel: »Gehen wir?«

Er hat sein Köfferchen schon am Vortag gepackt, fühlt sich ein wenig steif neben ihr, die beim Fahren vor sich hin summt. Freut sie sich, ihn los zu sein? Hat sie vielleicht schon einen Ersatzliebhaber im Blick?

Sie begleitet ihn auf den Bahnsteig.

Als sie den Zug heranrollen hören, wirft sie ihm jäh beide Arme um den Hals, er spürt ihren weichen Mund, ihr sprödes Haar, ihre nachgiebigen Brüste – Elisa, meine Süße –, er legt die Hände auf die sanfte Rundung ihrer Hüften, er kann sich nicht losreißen von ihr. »Uwe«, sagt sie zärtlich, »da ist dein Zug.«

Geil

Ilona ist keine von denen, die abends, allein in der Küche, eine Flasche Chianti leeren, ist keine von denen, die nach einem Tag strenger Diät über den Kühlschrank herfallen und sich mit Resten von Ananasjoghurt, von Knoblaucholiven, von Amarettoeis den sehnsüchtigen Magen füllen. Ilona weiß, was sie braucht: sie braucht einen Mann. Nein, keinen fürs Leben, keinen, der abends auf sie wartet, wenn sie heimkommt, keinen, der sie mit Ansprüchen überfällt. Ilona braucht einen Mann fürs Bett. Nein, nicht mal fürs Bett, nicht für eine Illusion von Liebe, und sei es für eine Nacht. Ilona braucht Sex.

Wenn Ilona hippelig ist, wenn sie fickrig ist, wenn sie geil ist, dann zieht sie los.

Sie weiß, wo die Männer am Tresen warten, unwillig resigniert bei Bier oder Wein. Wenn sie einen mitnimmt, und er hält nicht, was er verspricht – zu betrunken oder zu eingeschüchtert von ihren Wünschen –, wirft sie ihn umgehend raus. Mitten in der Nacht. Kaltblütig. Soll er sehen, wo er unterkommt. Soll er sehen, ob er noch eine preiswerte Nummer findet. Wenn ich schon nichts koste, denkt Ilona, dann soll auch alles nach meinem Gusto gehen.

Sie hat nichts übrig für Zickigkeiten, für langes Herumgemache, für Vor- und Nachspiele, das mag ja hübsch sein, wenn man noch nicht so recht auf den Geschmack gekommen ist, sie hat's gern direkt. Wenn die Sache dann erledigt ist, ruft sie ihm ein Taxi. Er darf nicht mal duschen, das kann er zu Hause. Er hat doch eine Dusche, oder? Muss rein in seine rauchstinkenden Klamotten, verschwitzt wie er ist, nicht dass er denkt, er kann es sich bei Ilona gemütlich machen, sich bei ihr ausbreiten, womöglich nett mit ihr frühstücken, auf Besuch ist sie nicht eingerichtet.

Wenn sich Ilona ihre Wünsche aus dem Leib gefickt hat, wenn sie endlich wieder allein mit sich ist, dann schläft sie bombig. Dann wacht sie gut gelaunt auf, frühstückt bei einem Klavierkonzert, lässt die Sonne über die Tischdecke funkeln, lacht über all die Frauen, die sich sehnen, sich härmen, sich anbieten wie Sauerbier, all die Frauen, die einem flüchtenden Mann hinterherschmachten, die einem Mann nachgreinen, der sich ziert, der nicht zu schätzen weiß, was er bekommt. Der alles bekommt und alles mit Füßen tritt, mit Füßen, die in Turnschuhen stecken oder in handgenähten Slippers aus Bisonleder oder in kernigen Wanderstiefeln. Der sofort mit der nächsten Nackten im nächsten Bett liegt.

Ilona schmachtet nicht. Ilona greint nicht.

Wenn einer sich einfallen lässt, ihr Liebeslieder ins Ohr zu flöten, lacht sie ihn aus.

Wie sie nun so am Tresen steht, Unruhe im Unterleib, und einer sie anquatscht, er kenne sie irgendwoher, der übliche Spruch, dann, nach einer kurzen Weile, ob sie Lust hätte, er hätte Lust, und sich an sie drückt, um ihr zu zeigen, wie groß seine Lust ist, und wie sie sein Geschlecht spürt, das sich reckt, und sein Herz, das gleichmäßig gegen den Brustkorb schlägt, und wie sie ihm endlich in sein Gesicht schaut, da sagt sie schockiert:

»Ja, wir kennen uns. Es war vor zwei Jahren, da nahm ich dich mit zu mir. Ich habe mir sogar deinen Namen gemerkt. Du heißt Michael.«

Nun ist er der Schockierte. Sein Schwanz schrumpft, sein Herz stolpert, er tritt zurück. Am liebsten würde er gehen, denkt Ilona, und sich an den Körper einer anderen lehnen, wo sich seine Glieder unbekümmert ausbreiten können, ohne an Erinnerungen zu stoßen.

Eigentlich sollte sie ihn stehen lassen, sie schläft nie ein zweites Mal mit einem Mann, vor allem nicht, wenn er ihr gefallen könnte, dann erst recht nicht, denn dann kommen die Gefühle, dann kommen die Ansprüche, dann kommt die Angst, ob er ein drittes Mal will oder nicht. Ob er jeden Tag will oder nicht. Ob er vielleicht bei ihr frühstücken will, bei ihr einziehen will, ob er Händchenhalten will im Kino. Oder nicht.

Sie hat sich nicht nur seinen Namen gemerkt, auch seine Küsse.
Noch Tage später spürte sie seine Zunge im Leib.
Jeden Abend stand sie am Tresen, jeden Abend wartete sie auf ihn. Sie wusste nichts von ihm, nur »Michael«. Sie fand viele Michaels, nur nicht diesen. Sie rannte durch die ganze Stadt, suchte ihn in jeder Kneipe. Nur langsam vergaß sie ihn, der sie am nächsten Tag vergessen hatte. Der nie wieder an diesem Tresen stand, dort, wo sie sich begegnet waren. Der nun flüchten möchte vor dieser längst verblassten Nacht, flüchten vor jedem Spinnwebenfaden an Verbindung.
»Du hast mir gut gefallen«, schießt es nun aus ihr heraus, alles, was sie ihm nicht sagen konnte, was sie zu lange aufbewahren musste, kann sie nun nicht mehr zurückhalten, »ich hätte dich gern wiedergesehen«.
»Nun sehen wir uns ja«, sagt er, und je stärker sie sein Unbehagen spürt, umso heftiger dreht sie auf, holt all das nach, was sie über die Jahre versäumt und aufgespart hat, Sehnsucht, Zorn, Schmerz, alles bricht heraus, nun, da er endlich vor ihr steht, schon halb auf dem Sprung.
Und am Schluss fragt sie kläglich wie eine verlassene Ehefrau, die weiß, dass sie alle Chancen ihn doch noch zu lieben, und sei es für eine Nacht, in ihrem rachsüchtigen, sehnsüchtigen Monolog rasant vertan hat: »Kommst du mit zu mir?«

Nur für Erwachsene

Verena ist ein Kind unserer Zeit, aufgewachsen inmitten von Hochglanzbrüsten, inmitten detaillierter Anleitungen zur Perfektionierung unseres Liebeslebens.

Schon vor der Pubertät weiß sie alles über Sex. Ihr blühen keine schrecklichen Überraschungen, so wie ihrer Mutter, ihrer Großmutter, die sich dem Ekel überließen statt dem Vergnügen.

Verena ist offen für die Lust in allen Varianten. Es gefällt ihr zum Beispiel, sich mit ihrem Liebsten zusammen pornografische Szenen vorzustellen. Sie liegen im Bett, fantasieren gemeinsam, schauen zusammen Pornohefte an, erzählen einander, welche Bilder sie stimulieren, spinnen Situationen weiter.

»Hast du Lust, mit mir zusammen ein Porno-Video anzuschauen?«, schlägt er vor. »Wir könnten uns eins ausleihen.«

Warum nicht.

»Gehen wir gemeinsam in die Videothek, und du suchst dir einen Film aus?«, sagt er.

Verena war vor Jahren auf einer Schülerparty mit einem Porno-Video konfrontiert worden, es war das erste Mal. Nicht die entblößten, sich ineinander bewegenden Geschlechtsteile hatten sie schockiert, sondern die monströse Vergrößerung und die öffentliche Zurschaustellung.

Nein, eine echte Orgie ist nicht Verenas Traum.

Aber fremden Leuten beim Sex zuzuschauen und währenddessen mit ihrem Liebsten in der geschützten Intimität des eigenen Bettes zu liegen, das könnte ihr gefallen.

Die Videothek liegt zwischen ihren beiden Wohnungen.
»Wir treffen uns am Eingang«, sagt er.

Von weitem schon sieht sie ihn kommen, groß und dunkel mit
seinem straffen, etwas steifen Schritt.
Über der Schaufensterscheibe klebt ein langer diagonaler
Streifen: VIDEOS FÜR ERWACHSENE.
Ein bisschen schüchtern ist Verena nun doch.
Volker hat seinen Blick bereits auf den Eingang gerichtet,
während er ihr einen flüchtigen Kuss über die Wange streicht,
er hat keine Zeit, sie liebevoll begehrlich zu begrüßen so wie
sonst, es drängt ihn hinein in den Laden.
Im Eingang an der Kasse sitzt eine junge Frau und schaut an
ihnen vorbei, während sie mit kühler Stimme ihre Taschen
fordert. Dann dürfen sie den Laden betreten.
Volker geht vor, wie jemand, der sich auskennt. Verena folgt
ein wenig beklommen. Draußen ist Hochsommer, sie hat das
Gefühl, in einen frostigen Tunnel einzutauchen. Der Laden ist
eine umfunktionierte Wohnung mit abgewetztem Linoleum-
boden und ausgehängten Türen. Sie müssen durch schulter-
schmale Gänge, die sich labyrinthhaft durch die Räume win-
den. Die Regale rechts und links recken sich bis zur Decke.
Jede freie Fläche ist genutzt. Der Laden ist kein Laden, sondern nichts als ein riesiges Lager. Offenbar ist es nicht nötig,
die Waren einladend zu präsentieren, um zum Kauf zu reizen.
Verena lässt den Blick über die bunten Wände schweifen,
über die Vielfalt ineinander verhakter Leiber, über Körper-
öffnungen und Körperausstülpungen, und ihr Inneres zieht
sich zusammen.
Sie tappt Volker nach, der zielstrebig die Gänge abschreitet.
Hier und da bleibt er stehen, nimmt eine Schachtel heraus,
betrachtet stirnrunzelnd das Cover, stellt sie wieder zurück.
Er bewegt sich, als sei er allein.
Endlich dreht er sich um zu ihr: »Was willst du?«
Was will ich? Will ich was? In diesem Brei von nacktem
Fleisch verlieren sich ihre Wünsche.

Er aber scheint genau zu wissen, was er sucht, so wie er konzentriert die Regalwände entlang schaut, ganze Strecken unbeachtet hinter sich lässt und gezielt stehen bleibt. Er kennt den Laden, denkt sie plötzlich, er ist hier zu Hause, ich bin hier fremd. Es ist wie ein Schock. Es ist wie eine Trennung. Sie ist mit einem fremden Mann in dieses Video-Lager geraten, sie kennen sich nicht, sie gehören nicht zusammen, sie haben nie wirklich etwas miteinander zu tun gehabt, so wie er mit strenger, ernster Aufmerksamkeit umhergeht, sie nicht anschaut, gar nicht wahrzunehmen scheint, dass sie da ist, dass sie hinter ihm, dass sie neben ihm steht. Ihr ist, als sei sie versehentlich einem falschen Mann hinterhergelaufen und habe sich zwischen diese Bilder verirrt, diese harten grellen Bilder, die sie von allen Seiten anspringen wie fleischige Zombies. Ich bin in eine Geisterbahn geraten, die Untoten grabschen nach mir mit ihren kalten Schwänzen, mit ihren schreienden Fotzen. Mein Liebster ist hier häufiger Gast, ist regelmäßiger Besucher, er gehört hierher, ich nicht. Mein Liebster ist verhext.

Er streicht die Video-Wände entlang, ohne zu schauen, ob sie folgt. Er nimmt sie nicht mit auf seine geile Reise, immer weiter bleibt sie zurück. Scheu huscht ihr Blick über die Bilder hinweg, die zu einem Tapetenmuster verschwimmen. So gehen sie von einem Zimmer ins nächste und ins nächste und ins nächste, bis sie schließlich im allerletzten Zimmer ankommen.

Verena hält inne. Ich bin hier, um mir einen Film auszusuchen, denkt sie energisch, dazu sollte ich doch wohl imstande sein. Sie macht die Runde, mustert hier und da ein Cover, bemüht sich um Konzentration. Aha, hier gibt es die »bizarren« Pornos, was immer das ist. Perverse, ausgefallene, vielleicht sadistische Filme stellt sich Verena vor, vielleicht was mit Tieren, sie weiß es nicht. Sie, die sonst so frech ist, so neugierig, so abenteuerlustig, fühlt sich klein und zaghaft und voller Abwehr.

»Das alles erschlägt mich«, murmelt sie. Ihre Stimme hallt verloren in diesen frostigen Räumen. Sie sucht wie ein kleines Mädchen nach Volkers Hand. Er aber zurrt seinen Reißverschluss auf, das Geräusch dröhnt durch die Stille.

Verena hat sich mit Volker an den verrücktesten Orten geliebt. In der Umkleidekabine des Schwimmbades, in den Toilettenräumen des Museums für Moderne Kunst. Geliebt. Ja, geliebt. Er legt ihre Hand an seinen Schwanz. Dieser Schwanz ist ihr fremd. Er ist einer von vielen.

Wenn wir uns Pornohefte anschauen, erregen wir uns gemeinsam. Was ist hier anders?

Zu viel, denkt sie, ein harter Reiz jagt den nächsten, da verkriecht sich mein Verlangen. Es muss nicht Liebe sein, denkt sie, aber Kontakt. Sein Schwanz fühlt sich an wie ein Dildo. Ein Dildo erregt mich nicht, einen Dildo begehre ich nicht. Einen Dildo benutze ich, wenn ich geil bin. Ich bin nicht geil. Und sie nimmt ihre Hand zurück. Ohne sie anzuschauen zurrt er den Reißverschluss hoch. Wieder hallt das metallene Geräusch durch die leeren Räume. Können die Schallwellen, fragt sie sich, um so viele Ecken laufen? Hat die Verkäuferin uns gehört? Oder schaltet sie automatisch die Ohren ab? Gehört das zu ihrem Job? Wer weiß, was die Kundschaft in diesen letzten Zimmern treibt. Die verborgenen hinteren Räume fordern auf, sich gehen zu lassen. Das ist Geschäftskalkül des Ladenpächters, denkt sie. Abstrakte männliche Begierden lassen sich gut vermarkten. Was ist mit den weiblichen Begierden?

Meine Begierde, denkt sie, weckt ein Blick, weckt eine kurze Berührung im richtigen Moment, eine Stimme, ein Gespräch, ja, denkt sie, ein Gespräch. Der Schwanz an sich lässt mich kalt.

»Was willst du?«, fragt er.

Ach ja, sie sind hier, damit sie sich ein Video aussucht.

»Ich weiß nicht«, murmelt sie und richtet einen ratlosen Blick auf eins der Cover. »Ich will was mit Liebe«, versucht sie zu scherzen. Es ist ein kläglicher Scherz. Er antwortet nicht, er gehört nicht mehr zu ihr, er gehört hierher in diesen Laden mit seinem Sog. Er ist ganz intensiv weit weg.

Wann gehen wir endlich, denkt sie, was will er hier so lange, ich bin unfähig, mir etwas auszusuchen, so wie er es sich gewünscht hat, hier weiß ich nicht, was ich will, ich will nichts.

Sie will nur noch raus aus dem Laden. Um zu einer Entscheidung zu kommen, deutet sie auf irgendein Cover. »Ich weiß nicht, wie sie sich unterscheiden«, sagt sie. »Es scheint mir immer dasselbe zu sein«, sagt sie, »ich bin überfordert«, sagt sie, »ich habe keinen Überblick.« Sie versucht, ihre Beklommenheit fortzureden. Er sagt nichts. Er nimmt die bunte Schachtel heraus, auf die sie gezeigt hat. Sie ist leer. Er greift dahinter, zieht die passende Videokassette hervor, sie ist schwarz und neutral, so kann keiner sehen, was man sich ausgesucht hat. Seltsam, diese Scham inmitten einer grellen Öffentlichkeit, denkt sie. Clever, diese Scham fürs Geschäft zu nutzen.

Die Kassette in der Hand geht er schweigend zurück, greift gezielt ins Regal, holt eine zweite Kassette, geht wortlos an Verena vorbei, sie folgt ihm zur Theke. Er legt die beiden schwarzen Kassetten hin, die junge Frau tippt die Ausleihnummern in ihren Computer. Sie schiebt Volker ohne zu zögern einen Vertrag hin, den er unterschreiben soll. Verträge über Porno-Videos scheinen Männersache zu sein. Verena ist nichts als ein süßes Blondchen, ein rosiger Bettschatz, eine brave Gespielin auf männlichem Terrain.

Die Verkäuferin gibt ihnen ihre Taschen zurück.

»Wenig Kundschaft heute«, sagt Verena zu der jungen Frau. Doch die lächelt unbeteiligt, schaut an ihr vorbei. Verena hätte gern verschwörerisch Kontakt mit ihr aufgenommen. Mit diesem neutralen Gesicht schützt sie sich, denkt Verena, wer weiß, was sie für Angebote bekommt.

Als sie die Ausgangstür öffnen, flammt die Sonne vor ihnen auf. Gemeinsam betreten sie den Bürgersteig.

»Gehen wir zu dir?«, seine Stimme klingt fremd und gepresst. Ja, zu mir. Das ist vertrautes Gebiet.

Aber es ist noch weit bis zu ihr nach Hause. Volker beschleunigt seinen Schritt, immer schneller geht er, fast beginnt er zu rennen. Er braucht jetzt einen Ort, wo er sich entspannen kann. Der Laden hat ihn mächtig angetörnt.

Er ist so fern. So dunkel. Wieder fasst sie zaghaft seine Hand. Er drückt sie ungeduldig, das Kleinmädchenhafte ist ihm lästig. Er will eine geile Fotze.

Er lässt ihre Hand fallen. Er greift nach ihrem Hintern, nicht nach ihr.

Er spürt ihren Widerstand, das macht ihn noch heißer. Je mehr sie zurückweicht, umso gieriger greift er zu, umso mehr weicht sie zurück.

Er ist auf seinem einsamen Trip durch die kalte Welt der Lust. Er liebte sie – ja, er liebte sie, weil sie die erste Frau war, die ihm dorthin folgte, die erste Frau, die unbefangen mit ihm ging auf seine private, in langen Jahren einsam ausgeklügelte Reise, die erste Frau, die ihn einfach begehrte, die er nicht erst mühsam mit seinen geschickten Händen auf sich aufmerksam machen musste, damit sie seinen Schwanz irgendwann in Kauf nahm, sich mit ihm arrangierte, ihn hinnahm wie eine nicht zu ändernde Notwendigkeit.

Sie wollte seinen Schwanz. Das war erschreckend neu. Für ihn, aber auch für sie.

Doch nun hängt er sie ab, schert sich nicht mehr um sie, wer sie ist, was sie will.

»Nein«, sagt sie immer wieder, »nein.«

Dabei mag sie, wenn er sich nicht beherrschen kann. Dabei mag sie, wenn er sie begehrlich berührt. Dabei mag sie, wenn er sie mitreißt.

Doch statt sie mitzureißen reißt er sie hinter sich her, als sei sie eine von diesen willenlosen Fischmaulpuppen mit offenem Schritt, in die man alle Wünsche der Welt hineinfantasieren kann.

Sie wehrt sich störrisch, sie macht sich los.

Dabei will sie ihn ja wollen. Aber so geht das nicht. Das weiß er doch. Er kennt sie doch. Er liebt sie doch. Kennt er sie? Liebt er sie?

»Manchmal ist man eben einfach nur geil«, sagt er. Sie mag es, einfach nur geil zu sein, sich mitreißen zu lassen oder ihn mitzureißen, aber jetzt rennt er allein.

Sie erreichen ihre Straße, ihr Haus, ihr Stockwerk. Sie öffnet die Tür, er greift nach ihren Brüsten. »Nein«, sagt sie und schließt die Tür. Er fasst ihr in den Schritt. »Nein.«

Sie wehrt sich. Er nestelt ungeduldig an seiner Hose.

Ja, denkt sie, manchmal ist das Verlangen so überwältigend, dass es gleich befriedigt werden muss. Aber wozu braucht er da mich.

»Mach's dir selbst«, sagt sie zornig, als er seinen Schwanz in der Hand hält. Gehorsam schiebt er die Faust auf und ab. Dann will er rein in sie. »Nein.« Sonst hat sie immer Lust auf ihn, wenn sie seine Geilheit spürt. Heute nicht.

»Mach den Videorekorder an«, fordert er.

»Ich hab den ewig nicht benutzt«, sagt sie, »ich weiß gar nicht mehr, wie der funktioniert.«

Sie sucht die Anleitung. »Wo hab ich die bloß hingeschusselt.« Sie schiebt eine der Kassetten rein, falsch herum, endlich verschwindet sie, hoffentlich kriege ich die wieder raus. Sie drückt Knöpfe. Immer nur aktuelle Nachrichten. Kein nacktes Fleisch will sich einstellen. Vielleicht komme ich auf den Geschmack, denkt sie, wenn der Film erst mal läuft. Sie drückt Knöpfe. Wetterbericht. Weißes Geflimmer. Werbung. Hoffentlich habe ich den Film nicht gelöscht. Aber vielleicht haben sie eine Löschsperre. Immer hektischer drückt sie Knöpfe. Dann ist er eben gelöscht. Das kann auch nicht die Welt kosten. Ach, hier ist die Gebrauchsanleitung. Sie blättert, versucht zu verstehen, was sie liest.

»Was machst du da so lange?«, fragt Volker träge vom Sofa her, wo er halb nackt auf sie wartet.

»Es geht nicht«, sagt sie zornig, »dieses blöde Ding von Rekorder funktioniert nicht. Oder es funktioniert, und ich weiß bloß nicht wie. Das hier ist eine Anleitung für Fachleute!« Sie wedelt wütend mit dem Heftchen. »Die könnten das wirklich mal in verständliches Deutsch übersetzen, damit jemand wie ich auch was damit anfangen kann.«

Immer mehr steigert sie sich in ihren Zorn, immer wütender drückt sie auf den Knöpfen herum.

Bis sie plötzlich seine raue Stimme im Nacken spürt wie einen sanften Kuss: »Verena.«

Sie legt das Heft ab. Sie dreht sich um zu ihm. Sie schaut auf seinen Schwanz, der nun weich auf seinem Schenkel ruht.

Sie schaut in seine Augen. Heftet sich fest in seinen Blick. Steht lange da und schaut. Macht schließlich ein winziges Schrittchen auf ihn zu. Beibt stehen. Er rührt sich nicht. Unendlich langsam, ohne den Blick von seinen Augen zu lassen, rafft sie den Rock über die Knie hinauf bis zur Taille, sieht seinen schnellen Wechselblick von ihren Augen zu ihren Schenkeln und zurück in ihre Augen. Und sie spürt ohne zu schauen, wie sich sein Schwanz zu heben beginnt.

Zeit haben

Immer, wenn Gunnar von einer Reise zurückkommt, kann Sandra nicht mehr mit ihm schlafen. Es braucht Ewigkeiten, bis sie Lust auf ihn kriegt, und dann muss er wieder weg. Fünf Tage. Oder zehn. Oder drei Wochen. Er kann nichts dafür. Es ist sein Job. Seine Firma schickt ihn nach Tokio, nach Istanbul, nach Lissabon. Er ruft regelmäßig an, damit Sandra sich keine Sorgen macht, aber wenn er zurückkommt, kann sie nicht mehr mit ihm schlafen.

Verständlich, dass er sich eine Geliebte zugelegt hat.

Seine Frau behauptet, wegen dieser Geliebten – von der sie annimmt, dass sie ihn überallhin begleitet – könne sie nicht mehr mit ihm schlafen. Aber keiner weiß wirklich, wer angefangen hat. Sie mit ihrer Lustlosigkeit oder er mit seiner Geliebten, die im Übrigen in seiner Firma arbeitet und ihn keineswegs zu ihrem Privatvergnügen auf seinen Reisen begleitet. Es ist allerdings praktisch, das muss er zugeben.

Nicht nur, wenn er von seinen Reisen zurückkommt – auch wenn er am Wochenende arbeiten muss oder spät nach Hause kommt, kann Sandra nicht mehr mit ihm schlafen. Sie glaubt ihm seine viele Arbeit nicht. Immer glaubt sie, er komme von dieser Geliebten.

Andere Frauen, denkt er missmutig, geben sich – sobald eine Nebenbuhlerin auftaucht – besondere Mühe, ihren Mann zufrieden zu stellen, damit er es nicht nötig hat, fremdzugehen, damit er sich nicht woanders holen muss, was er zu Hause nicht kriegt.

Sandra ist immer schlecht gelaunt, wenn er von auswärts kommt. Dabei weiß sie genau, dass er seiner Geliebten weitaus weniger Zeit schenkt als ihr, seiner rechtmäßigen Ehefrau.

Trotzdem beschwert sie sich. Sie will, sagt sie, dass er sein bisschen Freizeit ihr allein widmet, statt sie zu verteilen auf zwei Frauen. Sie frage sich oft, sagt sie, warum man eigentlich verheiratet sei, wenn man sich nie sähe.

Aber was soll ihm diese viele Zeit mit Sandra, wenn sie nicht mit ihm schlafen will. Sie kann nicht, sagt sie. Sie will nicht, sagt er.

So ist es doch wunderbar geregelt, findet er. Den Sex, von dem Sandra nichts wissen will, teilt er mit seiner Geliebten, den Rest seiner Zeit verbringt er bestgelaunt mit Sandra in der Oper oder beim Kleiderkauf oder in einem guten Restaurant. Was will sie noch?

Liebe, sagt sie.

Da verstehe einer die Frauen.

Warum beschwerst du dich, Liebster?

Warum beschwerst du dich, Liebster, dass ich gestern keine Zeit für dich hatte. Jetzt bin ich hier, ich stehe vor dir, ich fasse dich an, freu dich an mir. Stattdessen ziehst du ein Gesicht. Ich kann dir für morgen nichts versprechen. Aber ich gebe dir hier in diesem Moment meinen Mund, meine Hände, meine Hüften, mein Geschlecht. Warum jammerst du, wenn du mich siehst, über das, was dir fehlt? Ich gebe dir viel. Spürst du das nicht? Ich gebe dir Tage, Abende, Nächte. Ich gebe dir Küsse und Tränen und Zorn.
Du willst meine Zukunft, Liebster. Die kenne ich nicht. Wenn du mich fesselst, springe ich fort.

Ach, meine Schöne

Ach, meine Schöne, kaum bin ich fort, sehne ich mich schon nach dir, mein empfindsames Schneckchen, verkapselt in dein hartes Haus der Autonomie, mit deinen braunen Schenkeln, braunen Armen und all den Sorgen, die du dir machst, um Aknenarben und Falten.

Ich liebe deine kleinen wohlerzogenen Seufzer, aber ich sehne mich nach deinen wollüstigen Schreien.

Hör doch, wie ich meine Freude hinausbrülle – jeder soll wissen, wie glücklich das Leben ist – jeder soll wissen, wie kraftvoll ich dich liebe, meine einzige Liebste.

Doris Lerche
21 Gründe, warum eine Frau
Roman **mit einem Mann schläft**

156 Seiten. RBL 20027. € 8,90

ISBN 3-379-20027-1

Eine **Frau**, ein **Mann** und verschiedene Variationen des uralten Themas – Beziehungskisten aus weiblicher Sicht: lakonisch erzählt, amüsant und entlarvend.

»Doris Lerches Texte sind genial bösartig.«
Berliner Morgenpost

»Hintergründig, überspitzt dargestellt und dennoch mit Witz.«
Frankfurter Rundschau

RECLAM
LEIPZIG